L'ESCLAVE AMOUREUSE

Gustave Le Rouge

Edition : Culturea (culurea.fr), 34 Hérault
Contact : infos@culturea.fr
Impression : BOD, Norderstedt (Allemagne)
ISBN : 9791041975587
Date de publication : juillet 2023
Mise en page et maquettage : https://reedsy.com/
Cet ouvrage a été composé avec la police Bauer Bodoni

I

Il y avait plus de soixante ans que l'empereur Napoléon, pressé d'argent, avait vendu les provinces de la Louisiane à la République des États-Unis ; mais, en dépit de l'infiltration yankee, les traditions des créoles français se perpétuaient.

M. de Saint-Elme, dont la plantation était située à vingt milles de la Nouvelle-Orléans, occupait plus de six cents esclaves qu'il traitait avec une bonté devenue proverbiale.

On disait couramment : *Heureux comme un noir de M. de Saint-Elme.*

Ce matin-là, M. de Saint-Elme se leva de bonne heure. Il se trouvait debout au moment même où le *commandeur* de la plantation, Vulcain - un pauvre diable boiteux de naissance - soufflait dans un coquillage pour appeler les noirs au travail et diriger les divers ateliers de travailleurs vers les acréages de coton et de cannes à sucre.

Vulcain faisait siffler sa « rigoise » d'un air de nonchalance tyrannique, mais les noirs, confortablement vêtus de pantalons de cotonnade et de chemises de grosse toile, la face épanouie d'un large sourire, aux dents blanches, hochaient la tête avec une bonhomie malicieuse et venaient s'aligner en ordre en face du bénévole commandeur.

Pour Vulcain, la « rigoise » était un insigne luxueux, un meuble de parade, quelque chose de comparable au bâton de commandement que l'on voit figurer aux mains des généraux mestres-de-camp dans les tableaux de Lebrun ou d'Hyacinthe Rigault.

Si Vulcain avait jeté sa rigoise dans un buisson de cannes infesté de serpents à sonnette, il est hors de doute qu'elle lui eût été rendue beaucoup plus vite que le bâton du grand Condé.

Les noirs se rendirent au travail avec une allégresse qui eût fait réfléchir Fourier et Kropotkine et même Krupp et Lebaudy.

Ces esclaves étaient heureux parce qu'on les traitait paternellement.

Après le départ des noirs qui s'égaillèrent dans l'immense océan des cultures, la plantation rentra pour un instant dans le silence.

L'habitation de M. de Saint-Elme était fort ancienne. Par ses chaînes de pierre blanche, ses murs de brique et son toit presque vertical et d'ardoises violettes que surmontaient des girouettes, par ses deux ailes en avancée sur la cour d'honneur que décoraient un jet d'eau et des sirènes de bronze, elle évoquait le souvenir du siècle de Louis XIV.

Le parc, dessiné d'après Le Nôtre et retouché par la nature qui fait les forêts vierges, était riche de cyprès et de lauriers centenaires, de palmiers énormes dont les têtes fines s'encapuchonnaient d'une fourrure de lianes.

La maison était située sur une hauteur où s'étageaient trois terrasses plantées de citronniers, d'orangers et de bananiers.

Un vrai jardin des Hespérides avec, çà et là, des faunes, des satyres, des fontaines et des stèles rongés d'humidité. Tout cela, enterré sous la verdure, n'en paraissait que plus beau.

Derrière la demeure, sur l'autre versant de la colline, c'était les écuries et la porcherie : tout le côté fumier d'une large exploitation.

Derrière encore, s'alignaient les cases des nègres, rêve réalisé d'un Jules Guesde créole, avec leurs petits jardins symétriques et leurs murailles de torchis ornées de verroteries et précédées de parterres de fleurs criardes.

C'est vers ces communs que M. de Saint-Elme se dirigea. C'était un homme d'une trentaine d'années, la barbe longue, les cheveux bouclés sous un feutre à larges bords, le nez noble, un peu prononcé : la physionomie d'un homme d'action résigné au rêve ou peut-être d'un homme de rêve résigné à l'action.

Vulcain, déjà revenu de la corvée matinale, tenait la bride d'un magnifique mustang croisé d'arabe, une bête à la poitrine large, au garrot fin, à la tête intelligente, et qui n'avait jamais connu les horreurs du fouet ni de l'éperon.

M. de Saint-Elme monta en selle, suivi de deux noirs, Jupiter et Monsieur, qui devaient aider leur maître à ramener à la Nouvelle-Orléans un troupeau d'une cinquantaine de mules arrivées de France sur un de ces grands clippers à voile qui, à cette époque, devançaient, dans leurs trajets, les bateaux à vapeur.

Au moment de franchir la porte charretière donnant sur une longue avenue de palmiers, M. de Saint-Elme se retourna et agita la main en souriant.

La jalousie d'une des fenêtres du premier étage s'écarta et le visage d'une jeune femme dans tout l'épanouissement de sa beauté apparut joyeux. Elle accompagna de gentils gestes d'adieux le départ du planteur.

Mais sitôt que le petit cortège se fut perdu sous l'ombrage impénétrable des palmiers, Mme de Saint-Elme fit claquer la jalousie d'un geste brusque et dit d'une voix haletante et comme oppressée d'amour :

– Allons ! Lina ! dépêche-toi ; mon Pascalino doit attendre déjà au bout du jardin près de la Cascade de l'Homme-Rouge. Dis-lui qu'il vienne en toute hâte. Nous avons toute la journée devant nous...

Lina, une négresse de quinze ans et d'une beauté tout animale, eut un sourire de complicité et se hâta de disparaître, en faisant osciller ses hanches de ce mouvement du torse particulier aux négresses et aux créoles et que les marins expriment familièrement par le terme « chalouper ».

La chambre de Mme de Saint-Elme était décorée avec richesse ! Les meubles étaient de mahony et d'acajou. Çà et là, luxe suprême, s'étalaient des bibelots venus d'Europe.

Mme de Saint-Elme tordit négligemment ses lourds cheveux blonds violemment parfumés par l'eau de jasmin, revêtit un peignoir de surah bleu orné de dentelles et mit à ses pieds nus de splendides babouches brodées.

Sur un signe d'elle, une vieille négresse, laide comme une sorcière de Goya et dont les seins pendaient comme des gourdes, refit en un clin d'œil le lit tiède encore du sommeil des époux, secoua les moustiquaires, courut au jardin cueillir une brassée de fleurs fraîches, cependant que sa maîtresse donnait une dernière touche à sa toilette et polissait ses ongles à l'aide d'une petite lime de vermeil.

Mme de Saint-Elme était flamande d'origine et sa beauté était plus puissante que délicate. Avec sa peau très blanche, ses grands yeux bleus vicieux et ses lèvres trop fortes et trop rouges, c'était une vraie commère de Rubens.

Sous son peignoir mal attaché, ses seins, d'une rotondité majestueuse, dardaient leurs pointes vermeilles et dures comme en embuscade sous la dentelle.

Bien des Parisiennes anémiques eussent envié ses bras blancs et roses comme ceux d'une belle bouchère. Sa croupe était puissante et nerveuse.

Mais ses mains et ses pieds étaient sans finesse.

Aucun idéal ne se lisait dans ses regards larges et vides. Sous sa toison de blonde, presque rousse, Mme de Saint-Elme ou - comme ses noirs l'appelaient familièrement - Mme Léonore, était un bel animal de luxure et rien de plus.

Sept ans auparavant, M. de Saint-Elme avait rencontré sur les quais de bois de la Nouvelle-Orléans, une jeune fille tout en larmes. Très bon, très sentimental même, le créole avait consolé l'inconnue et s'était fait raconter sa lamentable histoire.

Léonore Prynker, l'aînée de quatre enfants, était partie pour l'Amérique avec un convoi d'émigrants. Elle devait trouver, en arrivant, une place de femme de chambre ; mais les racoleurs qui l'avaient embauchée et payée à ses parents, dans un faubourg d'Anvers, la menèrent tout droit dans un des mauvais lieux de la ville.

On la fessa, on la battit et toute une semaine, elle fut en proie aux assauts furieux des riches mulâtres qui payaient sans compter pour posséder cette belle chair blanche, amoureuse et passive.

Dans un ressaut d'énergie et de honte, elle s'était enfuie.

M. de Saint-Elme, touché jusqu'au fond de l'âme, prit la jeune fille sous sa protection.

Il l'emmena chez lui et lui donna provisoirement le poste de première lingère dans son magnifique domaine de l'Homme-Rouge.

Le créole, faible et bon, enthousiaste et crédule, était de cette race de vieux gentilshommes français qui sont amoureux de toutes les femmes et qui déploient envers toutes une galanterie délicate et raffinée.

Il fit à la belle Léonore une cour en règle. Les bouquets, les petits soins, les cadeaux occupèrent trois mois entiers. Les jours passèrent comme un rêve.

Très timide, la jeune fille eût cru abuser de la situation en brusquant les choses.

Pourtant, elle eût accordé facilement à celui qu'elle considérait comme son bienfaiteur, ce qu'elle avait laissé prendre, de force il est vrai, à tant de répugnants inconnus, dans les nuits chaudes de la maison close.

Il y avait même des soirs d'orage et de langueur où elle se prenait à regretter le choc brutal des mâles, les étreintes sauvages des mulâtres et des matelots.

M. de Saint-Elme rôdait autour d'elle, heureux des plus menues caresses, content pour tout un jour d'un baiser furtif.

Le hasard précipita les événements. Une nuit, un commencement d'incendie, causé par l'imprudence d'une négresse qui s'était endormie en fumant un de ces cigares minces et longs que l'on appelle « bouts de nègres », se déclara dans les combles de l'habitation.

Léonore, demi-nue, affolée, se précipita hors de sa chambre.

M. de Saint-Elme l'accueillit dans la sienne.

Dans son égarement, elle serrait dans ses bras son bienfaiteur dont la timidité et les scrupules s'évanouirent, peu à peu, au contact de ce beau corps, ardent et jeune, tremblant de peur et encore moite de sommeil.

M. de Saint-Elme oublia toute retenue et plongea avidement son visage dans la flamboyante chevelure d'où s'exhalait un bestial et entêtant parfum.

Fou d'amour, il s'occupa à peine de l'incendie que les noirs éteignirent comme ils purent. Non seulement Léonore ne fit aucune résistance, mais elle se révéla, dès cette première nuit, comme une amoureuse pleine de fougue. On eût dit qu'elle avait l'intuition, la science des lentes caresses libertines.

Les gestes, appris pendant les huit jours d'orgie forcée passés à la Nouvelle-Orléans, elle se les rappelait et les complétait, en ayant deviné, pour la première fois, toute la portée.

Au matin, les amants furent réveillés par la conque marine de Vulcain appelant les noirs au travail.

Léonore était souriante et fraîche. M. de Saint-Elme était ravi ; mais, les reins brisés, il ne put se lever avant midi.

Il trouva Léonore vêtue d'une robe bleue à pois rouges, une fleur de grenadier dans les cheveux. Souriante, elle le conduisit jusqu'à la véranda où le couvert était mis sous l'ombrage des jasmins de Virginie et des rosiers grimpants.

Les pyramides d'oranges, d'ananas et de bananes luisaient entre de larges feuilles sur les compotiers de cristal.

Des bouteilles du célèbre madère de Barnum rafraîchissaient dans des seaux pleins de glace ; un succulent rôti de venaison faisait pendant à un gigantesque saumon du lac Pontchartrain, couché sur un plat d'argent, une rose dans la gueule.

Le déjeuner s'écoula délicieusement et l'on n'était pas au dessert que M. de Saint-Elme avait déjà demandé officiellement la main de sa protégée.

Le bon gentilhomme se croyait obligé de réparer l'outrage qu'il pensait avoir commis envers Léonore. Les formalités ne furent pas longues. Quinze jours après Léonore était devenue Mme de Saint-Elme et une fête magnifique réunissait tous les riches créoles des environs.

Les trois terrasses plantées d'orangers étaient illuminées. Les noirs de la plantation, habillés de neuf, comblés de cadeaux, ivres de tafia et de pulqué, dansèrent la bamboula jusqu'au matin.

Les premières années de cette union furent heureuses ; mais bientôt Mme de Saint-Elme devint la proie d'un profond et incurable ennui.

Sentimental et naïf, un peu poète à sa façon, M. de Saint-Elme n'était pas la brute puissante, l'étalon humain qui eût comblé la furieuse soif d'amour dont était brûlée la jeune femme.

C'est alors qu'elle s'éprit d'une ardente amitié pour une petite négresse nommée Lina, dont les grosses lèvres rouges et les yeux étincelants lui avaient plu.

La mère de Lina, la vieille Vénus, avait longtemps habité la Nouvelle-Orléans.

À cette époque, il était d'usage, chez beaucoup de créoles, d'accorder une liberté relative aux noirs en les laissant maîtres de gagner leur vie, comme ils l'entendaient, à la condition qu'ils rapportassent à leurs propriétaires, chaque semaine, une somme fixée. C'était ce qu'on appelait « louer son corps » à un esclave.

Beaucoup de créoles ne se faisaient pas faute de tirer de gros revenus de la prostitution de leurs belles esclaves, noires ou mulâtresses.

La vieille Vénus, avant d'être achetée avec sa fille Lina par M. de Saint-Elme, avait traîné dans tous les bouges de la ville.

Elle avait conservé de cette existence de débauche des relations avec toutes les entremetteuses de la ville.

Avec l'hypocrisie caressante de sa race, elle s'insinua, peu à peu, avec l'aide de Lina, dans les bonnes grâces de sa maîtresse.

Elle lui démontra qu'une jeune femme, belle, blanche et libre, n'était point faite pour la paresse et l'ennui d'un exil dans une plantation perdue en pleine forêt.

Mme de Saint-Elme ne se fit pas longtemps prier. Elle trouvait son mari trop bon, trop doux, trop faible. Elle s'ennuyait précisément parce que l'on ne lui refusait rien.

M. de Saint-Elme, à cause de l'immense étendue de son domaine, était parfois absent plusieurs jours de suite ; sa femme en profita. La vieille Vénus et sa fille ménagèrent à leur maîtresse une entrevue nocturne dans une maison discrète de la ville, avec un des plus beaux jeunes hommes de la société créole.

Très promptement, Mme de Saint-Elme prit goût à ces escapades. Bientôt elle figura en bonne place sur ces listes secrètes que les garçons des grands hôtels et les entremetteuses présentent aux étrangers nouvellement débarqués, en louant avec une prudence et une pudeur alléchantes, leur amoureuse marchandise.

– C'est une dame de la haute société, susurraient-ils aux marchands de bestiaux ou d'esclaves venus du Nord, aux trafiquants de coton fraîchement débarqués d'Europe.

La naissance d'un fils dont Mme de Saint-Elme, malgré sa mémoire, ne put se rappeler quel était le véritable père, vint combler de joie M. de Saint-Elme et interrompit à peine quelques semaines le cours des fugues honteuses de la mère.

D'abord, les amants de rencontre de la jeune femme se

contentaient de lui offrir un bijou ou quelque autre cadeau acceptable ; mais, par l'influence diabolique de Vénus et de sa fille, Mme Léonore accepta bientôt de l'argent.

Vénus qui, tout doucement, amassait un pécule pour marier sa fille Lina et payer son affranchissement, débattait les prix avec une âpreté toute professionnelle.

Mme de Saint-Elme était cotée cinq cents piastres, comme les plus belles mulâtresses et quarteronnes. Elle s'accommodait fort bien de cet état de choses et avec une inconscience absolue, heureuse de se faire ainsi un budget personnel, elle se vendait et gaspillait l'or en toilettes, futilités et cadeaux aux esclaves pour acheter leur silence.

Elle aimait d'ailleurs son fils, le petit Jacques, à sa façon. Chaque fois qu'elle revenait de la Nouvelle-Orléans, les yeux vagues et les reins endoloris de ses fatigues amoureuses, elle rapportait à l'enfant mille babioles.

Jamais prince de conte de fées n'eut une enfance plus entourée de gâteries et de paresse. Tout enfant il manifesta les pires instincts.

Dès six ans, il pinçait ou mordait jusqu'au sang, par pur amusement, les petits noirs qu'on lui avait donnés pour compagnons de jeu.

Il jetait des pierres aux chevaux et aux esclaves et il n'avait pas huit ans que son père et sa mère commençaient à le redouter.

Les absences continuelles de ses parents favorisaient sa tyrannie. M. de Saint-Elme, persuadé que la raison lui viendrait avec l'âge et que l'éducation au grand air avait du bon, voyait avec une joie indicible Jacques devenir grand et fort.

- Dès qu'il aura dix ans, se promettait-il, je l'enverrai en France dans un collège impérial et le trop-plein de cette nature turbulente se dissipera bien vite.

Pourtant, quelques incidents insignifiants se produisirent qui attristèrent l'honnête colon et eussent dû l'éclairer.

Une fois, Jacques creva, pour s'amuser, avec un beau couteau neuf orné de nacre que sa mère lui avait rapporté de la ville, les yeux d'une vieille mule occupée à tourner la meule à broyer le maïs.

M. de Saint-Elme, indigné, tira fortement les oreilles du mauvais garnement.

- Tu as tort de te fâcher, lui dit l'enfant en jetant à son père un regard féroce. Ne sais-tu pas qu'un animal aveugle a moins de distractions qu'un autre. Il y a une augmentation de 15 % sur son travail.

Cette réponse valut à Jacques une juste correction. M. de Saint-Elme se repentait d'avoir trop longtemps négligé l'éducation de son fils.

Celui-ci irrité et tout en larmes, alla chercher des consolations auprès de sa mère. Elle l'accabla de caresses et de friandises.

- Ton père est ridicule, s'écria-t-elle. Brutaliser un pauvre enfant pour une mule qui ne vaut pas quinze piastres : c'est abominable.

- Oui, repartit la vieille Vénus avec indignation. Et cet homme passe pour l'ami des noirs, pour le meilleur des maîtres ! Il défend qu'on batte ses esclaves.

- C'est un vilain homme, dit la petite Lina, en faisant signe à l'enfant de la suivre.

Jacques sourit et s'esquiva tout doucement.

Lina, avec le dévergondage précoce des femmes de couleur, avait été la première maîtresse et l'initiatrice du petit Jacques. Si loin qu'il semble de nos mœurs, ce fait n'a rien que de très courant dans ces contrées ardentes où les femmes sont parfois nubiles à neuf ans.

Mme de Saint-Elme poussa un profond soupir pendant que Vénus, accroupie sur une natte, au pied de la chaise-longue de rotin, découvrait dans un sourire hideux une bouche meublée comme un abîme, de chicots noirs et découronnés et de roches branlantes.

Mme de Saint-Elme, toute nue sous son peignoir, fit un signe à Vénus, qui, depuis un instant, mêlait rapidement, dans une botterine de cristal, un mélange de madère, de sirop de sucre, de muscade et de glace pilée au moyen d'un long bâton armé de deux petites ailettes, le « bâton bébé ».

- Voilà, maîtresse, dit la vieille, en tendant respectueusement un plateau d'argent où le rafraîchissement était posé.

Mme Léonore but une gorgée de « sang gris » et se replongea dans son rêve.

Penchée vers la jalousie, elle vit Jacques et Lina se perdre dans le parc entre les massifs de cédratiers et de citronniers couverts de fruits d'or.

- Joli tempérament, le jeune Monsieur ! dit la vieille négresse en reposant le plateau sur la table de nuit.

Sa maîtresse ne répondit rien. Elle savait que grâce aux indiscrétions méchantes des esclaves, le petit Jacques était au courant de la conduite de sa mère et qu'il ne se gênait pas pour en rire.

- Si maman a jamais le malheur de me refuser de l'argent, disait-il cyniquement, je conterai tout à mon père.

Les baisers du fils étaient déjà du chantage envers la mère.

D'autres pensées vinrent distraire la paresseuse créole. Elle prit un petit miroir ovale, enchâssé d'ivoire - une de ces glaces à main dont le dessin ne s'est point modifié depuis les dames de Pompéi, tant il répond à un geste nécessaire de la coquetterie féminine - et s'étudia attentivement.

Son beau visage, dont le menton commençait à s'empâter, dont le majestueux tournait au confortable et au grassouillet, se vermillonnait et tout autour des yeux elle remarqua un lacis de fines rides.

On eût pu les comparer à ces grappes roses des vignobles du Rhin un peu craquelées par les gelées automnales et pour cela, peut-être, d'autant plus savoureuses.

Elle entrevit une vieillesse douloureuse et sans doute précaire, loin de la plantation d'où son fils l'aurait sans doute chassée.

Il valait mieux ne songer qu'au présent, qu'à l'amour. Les choses peut-être s'arrangeraient d'elles-mêmes dans l'avenir. Elle ne pensa plus qu'à son Pascalino, dont les caresses sauvages la plongeaient dans un anéantissement délicieux et lui faisaient oublier tout le côté convenu de l'existence.

Pascalino, un dangereux coureur de frontières, était le premier à qui Mme Léonore eût fait des cadeaux, au lieu d'en recevoir. Elle ne l'en aimait qu'avec plus de passion et de folie.

C'est avec impatience qu'elle attendait, depuis plusieurs jours, le départ de son mari. Dès que Lina eut disparu, la jeune femme, tout en s'occupant de sa toilette, était comme étranglée par l'émotion.

Ses seins s'enflaient et s'abaissaient. Son cœur battait à grands coups sourds comme s'il eût volé de lui-même à la rencontre de l'amant espéré.

Dix minutes s'écoulèrent ainsi dans une angoisse délicieuse.

Enfin, des pas sonnèrent sur le petit escalier de bois qui, par une sorte de poterne cachée sous le feuillage, faisait communiquer directement avec le parc la chambre de la dame.

Derrière Lina, qui ouvrait tout doucement la porte, Pascalino apparut.

Sans un mot, Mme de Saint-Elme le débarrassa de son chapeau à larges bords et pressa contre son sein le visage olivâtre du rôdeur de frontières.

Il était vêtu à la mode mexicaine. Un grand manteau carré ou *puncho* descendait jusqu'à ses pieds ; son pantalon orné de franges était assujetti sur des bottes en cuir de cheval, non tanné, par une série de petits boutons.

- Ah ! pauvre Pascalino ! s'écria Mme de Saint-Elme, comme il y a longtemps que je ne t'avais vu !...

- C'est que, répondit-il hypocritement, j'ai eu beaucoup d'ennuis la semaine dernière.

- Encore le jeu !... soupira l'amoureuse.

Et, serrant tendrement entre ses mains blanches les doigts rudes, nerveux et couverts de bagues de Pascalino, elle ajouta avec une sorte de timidité :

- Tu as beaucoup perdu ?

- Mille piastres !...

- C'est que... je n'ai plus d'argent. Il me faudra au moins huit jours !

Il y eut un silence. Mme Léonore contemplait avidement le beau visage du Mexicain, qu'ombrageait une forêt de cheveux noirs et frisés et qu'illuminaient de despotiques yeux noirs surmontés de longs sourcils dessinés en arc.

Ces yeux tyranniques la brûlaient jusqu'au fond de l'âme. On sentait qu'ils devaient être lumineux dans la nuit comme ceux des tigres et lancer des flammes dans les élans de la colère ou de l'amour.

Le nez, aux narines très minces, était long et aquilin ; une moustache très fine se retroussait en crocs au-dessus d'une bouche à l'arc sensuel et rouge qui découvrait des dents d'une blancheur admirable.

Mme de Saint-Elme, comme fascinée par cette contemplation de l'être aimé, se pencha vers cette bouche attirante ; mais Pascalino repoussa la jeune femme presque brutalement :

- Les affaires sérieuses, d'abord, dit-il ; les caresses ensuite...

- Je tâcherai de m'arranger pour les mille piastres...

- Il ne faut pas dire : je tâcherai.

- Mais...

- J'ai besoin de cette somme aujourd'hui même. Ce n'est qu'à toi seule que je puis la demander...

- Je te la donnerai...

- Aujourd'hui ?...

- Je te le promets.

- Alors j'y compte...

Le visage de Pascalino et ses manières se modifièrent instantanément.

- Chère amie, que de reconnaissance...

Mme de Saint-Elme lui ferma la bouche d'un baiser ; mais tout à coup elle se releva dans un nerveux soubresaut de contrariété ; elle venait d'apercevoir le petit Jacques rôdant dans le parc.

- Lina, dit-elle brusquement, va voir ce que fait mon fils.

- Et, susurra la vieille Vénus, avec son rire édenté, emmène-le le plus loin possible.

Mme de Saint-Elme rougit comme une jeune fille à son premier rendez-vous.

- C'est cela, bégaya-t-elle, et toi, Vénus, cours au plus vite chercher des citrons, de la glace et une bouteille de champagne. Pascalino doit avoir soif.

Vénus et sa fille s'éclipsèrent comme deux ombres, et il n'y eut plus par la chambre ténébreuse et parfumée, qu'un bruit de baisers qui se mariait au roucoulement lointain des ramiers, dans le parc, et au sanglot des sources fouettées par la brise, à l'ombre des orangers et des magnolias.

II

M. de Saint-Elme avait conclu une excellente affaire. Son vendeur, un Américain du Nord, l'avait régalé d'un magnifique déjeuner dans les salons de Muraty's Hôtel ; justement à la suite d'une de ces épidémies de fièvre jaune, si communes à la Nouvelle-Orléans, l'hôtel avait été vendu ; le personnel entièrement renouvelé, et les salons remis à neuf avec un luxe inouï. M. de Saint-Elme ne rencontrait plus parmi les waiters noirs ou mulâtres, qui, vêtus de blanc, circulaient affairés dans les couloirs de l'immense bâtiment, aucune figure de connaissance.

M. Growlson, le vendeur, un Yankee à la face osseuse, au menton anguleux, terminé par un pinceau de poils rudes et rouges, avait fait servir le café dans une petite véranda attenant au bar, et qui donnait sur les jardins de l'hôtel.

Mis en verve par une copieuse absorption de Ryebourbon, le Yankee plaisantait lourdement son hôte, sur les proverbiales débauches des habitants de la ville, qui passe dans tous les États de l'Union, pour la capitale de la galanterie et de la fête.

- Cher monsieur, disait-il, je crois que la renommée publique exagère en parlant des mœurs faciles de vos concitoyens.

- Hum ! fit M. de Saint-Elme en souriant ; j'ai bien peur que vous vous trompiez.

- Vous plaisantez : voici déjà trois jours que je suis arrivé et je n'ai pas été l'objet d'aucune tentative.

- Disons... aimable !

- De la part d'aucune de ces quarteronnes ou de ces créoles dont on célèbre, jusqu'à New York, les volcaniques amours et les faciles galanteries.

- Je suis heureux que vous ayez si bonne opinion de nous et de notre ville.

Le mulâtre qui venait d'apporter une bouteille de whisky et une autre de vieux schiedam eut un sourire mystérieux et passablement ironique à l'adresse de M. Growlson.

- Pourquoi ris-tu ? demanda celui-ci légèrement vexé.

- Il me semble que tu écoutes ce que nous disons, ajouta M. de Saint-Elme.

- Je vous assure que j'écoutais sans le vouloir.

- Mais enfin pourquoi riais-tu ?

- Parce que, Sir, répondit-il en se tournant vers M. Growlson, rien ne vous serait plus facile que d'entrer en relation avec les plus célèbres beautés de cette ville.

- Bah ! Et comment cela ?

- Mais en vous adressant à moi.

- Je ne comprends pas.

Le mulâtre eut une grimace d'hésitation. Ses yeux allaient interrogativement de l'un à l'autre de ses interlocuteurs.

- Allons ! explique-toi, dit M. Growlson, d'un ton péremptoire, et il mit un dollar dans la main du mulâtre.

Celui-ci l'empocha, en saluant, et se dirigeant avec empressement vers la porte :

- Je reviens dans deux minutes, dit-il.

Les deux convives attendirent son retour avec une certaine curiosité.

Quand il revint, il dissimulait sous sa veste blanche un volume cartonné d'un assez grand format.

- Je comprends, dit M. de Saint-Elme, ce sont les daguerréotypes.

- Précisément.

Et l'album fut étalé tout grand ouvert devant les regards ébahis de M. Growlson ; c'étaient tous plus ou moins flattés, des portraits de mulâtresses aux yeux langoureux et aux attitudes coquettes ; dans un angle de chaque photographie, un chiffre presque imperceptible était crayonné.

- Votre Honneur n'a qu'à faire son choix, dit le mulâtre triomphant.

- Tu fais là un joli métier, s'écria M. de Saint-Elme avec dégoût.

Le mulâtre haussa les épaules, et, se retournant vers M. Growlson qui paraissait hésiter, il ajouta en baissant la voix :

- Votre Honneur a peut-être des préjugés contre les filles de couleur ? Mais regardez les dernières pages ; vous verrez là de vraies dames de la société ; des femmes de négociants, de planteurs, de magistrats. Et elles ne sont pas plus farouches que les autres !

- Vous ne regardez pas ? dit Growlson à son hôte.

- Non, si ridicule que cela doive vous paraître, j'aime ma femme. Je lui suis exactement fidèle et je trouve de telles mœurs profondément répugnantes.

- Tant pis pour vous, mon cher, fit Growlson avec un gros rire ! Mais moi je suis célibataire ; je n'ai pas les mêmes raisons que vous d'être raisonnable.

Tout à coup, le Yankee poussa un cri de joie.

- Regardez, dit-il, triomphalement, si cette image n'est point trompeuse. Jamais je ne vis beauté plus splendide.

M. de Saint-Elme était devenu pâle comme un mort... La photographie qui excitait si fort l'enthousiasme de Growlson n'était autre que celle de Mme de Saint-Elme.

Le malheureux époux faillit s'évanouir ; mais par un effort surhumain, il se contint. Tout s'écroulait autour de lui ; il n'eut que la force d'avaler une grande rasade de whisky.

- Eh bien ! qu'y a-t-il ? s'écria Growlson, surpris de sa pâleur et de son silence.

- Ce n'est rien, balbutia le créole... Un simple étourdissement.

- Eh bien ! dit naïvement M. Growlson, j'aurais cru que c'était la vue de ce portrait qui vous avait émotionné.

M. de Saint-Elme avait eu le temps de reconquérir sa présence d'esprit.

- Nullement, dit-il, d'un ton froid, voilà en effet, une très belle personne.

- Par exemple, interrompit le mulâtre, le plaisir de faire sa connaissance vous coûtera mille piastres. C'est la femme d'un riche planteur...

- Et elle se nomme ? demanda M. de Saint-Elme, d'une voix rauque.

- Nous ne disons jamais les noms, dit le mulâtre, soudain

défiant.

M. de Saint-Elme se sentit une envie féroce de l'étrangler.

- M. Growlson, cria-t-il : au revoir ! Je vous quitte... je viens précisément de me souvenir d'un rendez-vous urgent.

Sans répondre aux protestations du Yankee qui cherchait à le retenir, il s'élança comme un fou hors de la salle, traversa le bar encombré de consommateurs, courut aux écuries et sauta sur son cheval. Un quart d'heure après, il était sur la route de la plantation.

À quelques kilomètres de la Nouvelle-Orléans, la route profondément encaissée se trouvait barrée par un camion chargé de bois, dont l'essieu s'était rompu. Excitant Zémir de la voix et du geste, il franchit l'obstacle d'un bond formidable, cheval et cavalier filaient rapides comme le vent ; on eût dit que la vengeance leur mettait des ailes aux talons.

Plus loin, il renversa une négresse qui portait sur sa tête un panier de bananes ; il ne la vit même pas tomber. Tout entier à son idée, il eut bientôt laissé derrière lui la pauvre femme qui avait une jambe brisée et poussait des cris à fendre l'âme.

Il n'y avait pas deux heures qu'il était parti de la Nouvelle-Orléans, et déjà, au-dessus des cimes vertes, pointaient les girouettes dorées et les hauts toits d'ardoises violettes de l'habitation.

En arrivant à la barrière de bois qui fermait l'avenue, M. de Saint-Elme s'arrêta haletant. Le choc brutal qui renversait d'un coup son bonheur avait été si violent qu'il en demeurait stupide.

Il porta la main à son front avec égarement, les résolutions les plus contraires se succédaient dans son esprit.

- Pourquoi donc suis-je revenu ici, s'écria-t-il, en serrant les poings. Pour me venger ? à quoi bon ?

Il fut sur le point de remonter en selle, et de tourner bride. Il ne savait littéralement plus ce qu'il faisait ; un moment il eut peur de devenir fou.

Une petite source, au-dessus de laquelle dansait un vol d'insectes, filtrait au bas d'un rocher, il s'agenouilla et but à longues gorgées cette eau qui parut délicieuse à sa fièvre.

Maintenant, chez lui, le doute et l'abattement faisaient place à la colère.

- Ce n'est peut-être pas vrai, se prit-il à songer, mais le fait était là indéniable.

- Si seulement je pouvais lui pardonner !

Il eut honte de sa faiblesse, sa colère reprenait le dessus.

- Lui pardonner, pensa-t-il avec amertume, me venger, mais il faudrait pardonner à toute la ville ! me venger d'une foule d'amants donc chacun aurait le droit de me dire :

- Mais, Monsieur, quelle mouche vous pique ? j'ai payé pour posséder votre femme ; tous les gens qui comme moi ont pu y mettre le prix l'ont eue !... On ne se bat pas pour une catin...

Il était devenu pâle, son front s'emperlait d'une sueur de honte.

- Oui ? s'écria-t-il avec rage, Mme de Saint-Elme est à vendre, elle qui est millionnaire, à qui je n'ai jamais rien refusé...

Et le malheureux se roula en sanglotant sur le gazon.

À ces cris de colère, dans les branchages de la forêt, sous la pénombre éternelle et bleue des clairières, le cri de l'oiseau moqueur, le jacassement des aras et des perruches répondaient.

Son cheval Zémir, avec une intelligence presque humaine, avait suivi son maître jusqu'à la source, avait bu, comme lui, quelques gorgées et, comme s'il avait deviné sa peine, le caressait de ses naseaux humides et le regardait de son grand œil pensif.

M. de Saint-Elme fut profondément touché de cette muette sympathie ; il caressa le cheval.

- Toi, au moins, tu ne trahiras pas ton maître.

Il remonta en selle plus calme, comme si le malheur qui l'accablait était déjà éloigné. M. de Saint-Elme, faible et indécis de caractère, avait l'imagination vive et énergique par saccades.

- Bah ! s'écria-t-il tout à coup ! Je la chasserai ou je m'en irai... Je suis assez jeune pour recommencer le bonheur.

Une réflexion cruelle l'arrêta.

- Et mon fils ?... si seulement ce méchant petit drôle est mon fils ?...

Brusquement, il voyait clair, le petit Jacques ne lui ressemblait en rien avec son front bas, ses cheveux d'un jaune sale et cette mâchoire énorme dont les muscles puissants indiquaient un besoin d'assouvissement bestial et ce nez écrasé aux trous ronds et ces oreilles larges et détachées du crâne, rien de cela ne rappelait le profil noble et délicat de la race.

M. de Saint-Elme était arrivé aux cases des nègres, gardées seulement par quelques vieillards impotents, lorsqu'un affreux spectacle frappa ses yeux : la petite mulâtresse, Lina, était attachée avec de grosses cordes au tronc d'un cyprès ; de son corsage arraché, ses seins jaillissaient dorés comme des bananes très mûres et le petit Jacques s'amusait à y enfoncer de grosses épines de youcca.

- Ah ! tu ne veux pas me dire avec qui est ma mère et ce qu'elle va faire à la ville toutes les semaines, il faudra bien que tu parles... Si on ne me dit pas tout, j'irai prendre du pétrole dans une case, je t'en arroserai le ventre et les cuisses et j'y mettrai le feu... cela te rôtira la barbiche...

Lina se tordit comme un serpent, ses yeux élargis par l'épouvante versaient de grosses larmes et elle gémissait longuement et sourdement comme un chien que l'on frappe, ses seins étaient couverts de gouttelettes de sang et ses lèvres tordues par la douleur, blanches de peur.

Elle ne pouvait répondre aux questions puisqu'elle était à moitié bâillonnée par un mouchoir de coton ; dans sa rage, Jacques ne songeait même pas à délivrer sa victime, afin qu'elle pût parler.

M. de Saint-Elme avait sauté à bas de son cheval et, la cravache haute, s'était précipité. Jacques surpris et rudement cinglé, se cacha, hurlant, derrière un tronc d'arbre, pendant que son père arrachait délicatement une à une les épines, coupait les liens et courant à l'une des cases en revenait avec une bouteille de tafia dont il faisait boire à Lina quelques gorgées.

À l'ouest du village des noirs, se trouvait un vaste étang. M. de Saint-Elme - son père et son grand-père avaient jadis conquis ce domaine sur les Peaux-Rouges, on nommait encore la cascade qui naissait du lac, la cascade de l'Homme-Rouge, en mémoire d'un chef qui y avait été tué - avait soigneusement veillé à ce qu'aucun des arbres qui bordaient la rive ne fût abattu ; des cèdres, des lauriers, des chênes, des peupliers de Virginie, plusieurs fois centenaires, hauts comme des cathédrales, rejoignaient leur épais feuillage au-dessus des eaux noires et silencieuses, des roseaux gigantesques et des lianes où se balançaient tout un monde d'oiseaux, d'écureuils et de singes, donnaient à ce coin du domaine, la majesté vierge d'une solitude.

L'eau de cet étang, où se jouaient des poissons blancs et des saumons, était glaciale ; plusieurs noirs en voulant s'y baigner, s'étaient noyés.

- Allons ! dit M. de Saint-Elme à la mulâtresse, va laver tes blessures dans l'eau froide, puis tu t'y feras appliquer une compresse d'herbe et je te donnerai un beau dollar d'or pour te consoler.

- Oui, moussié, fit-elle, avec un long soupir et des yeux reconnaissants.

Elle voulut marcher, mais ses pieds gonflés par les liens trop serrés la trahirent, elle chancela et dut s'appuyer contre un tronc d'arbre.

M. de Saint-Elme, qui avait déjà repris le chemin de l'habitation, revint sur ses pas, il venait d'avoir l'idée, qu'en interrogeant Lina, confidente de sa maîtresse, qui la comblait de caresses et de friandises, il connaîtrait peut-être la vérité.

- Attends, dit-il, appuie-toi sur mon bras et je te conduirai jusqu'à l'étang.

L'esclave, toute fière de la pitié du maître, ne se le fit pas dire deux fois. Clopin-clopant, soupirant à chaque pas, elle se laissa guider par un sentier tapissé de lichens gris et de longues mousses, entre lesquels poussaient çà et là, de gros champignons pourpre et or.

M. de Saint-Elme, à qui tout espionnage répugnait, ne savait de quelle façon commencer son interrogatoire. Le maître et l'esclave cheminaient entre les buissons et, petit à petit, le parfum apaisant et frais de la forêt, le bruit des sources et la fraîcheur profonde de la terre calmaient ses sens. Sa fureur se changeait en mélancolie. Puis, à côté de cette enfant qu'il avait méprisée jusqu'alors, il éprouvait une sensation étrange.

Lina, dont les cheveux étaient parfumés avec des flacons pris sur la table de toilette de sa maîtresse, dont tout le corps svelte et brun comme un cigare de la Havane, était encore frissonnant de peur, le regardait avec des yeux noirs et brillants où la reconnaissance étincelait à travers les larmes.

Il ne pouvait détacher ses regards de ses petits seins couleur de bronze clair, tout couverts de gouttelettes de sang. La toison épaisse des cheveux à grosses boucles noires, cachait le front. La bouche, contractée par un sourire encore douloureux, paraissait rouge et gonflée comme un fruit. M. de Saint-Elme, sans le vouloir, frôla des hanches dures et nerveuses.

Lina avait l'instinct de l'amour. Elle se pendit plus lourdement au bras qui la soutenait, boita plus bas, poussa de plus profonds soupirs et à un endroit où la mousse était plus douce et plus verte, elle fit mine de buter contre une racine d'arbre et tomba de son long.

M. de Saint-Elme se précipita pour la relever. Ses mains rencontrèrent les seins dont les pointes se raidissaient. Il trébucha à son tour.

Lina, se retournant comme une couleuvre, lui avait passé ses bras autour du cou et appuyait sur ses lèvres, ses lèvres appétissantes et poivrées comme deux piments rouges.

- Ah ! merci, maître, soupira-t-elle, de façon, en cas d'insuccès ou de rebuffade, à laisser croire qu'elle ne se donnait ainsi que par reconnaissance.

- Bah ! songea-t-il, puisque je suis trompé par ma femme, qu'importe !... C'est déjà une première vengeance.

Il se rua à l'assaut de ce jeune corps vibrant dans une furie qui détendit ses nerfs irrités.

Lina souriait, heureuse. L'eau calme de l'étang lui avait servi de miroir pour rajuster ses cheveux et laver ses blessures. Elle voyait son image, brisée par les cercles élargis des gouttes d'eau tombées de ses cheveux, y répéter le sourire orgueilleux de ses dents blanches.

Elle avait agrafé tant bien que mal son corsage. Maintenant elle ne boitait plus.

L'exercice violent, auquel elle venait de se livrer avait fait circuler le sang congestionné. Elle marchait fièrement derrière M. de Saint-Elme, un peu honteux.

Tout à coup, une ombre se dressa devant lui. Il tressaillit en reconnaissant Zémir, dont les grands yeux le regardaient et qui, doucement, presque discrètement, avait suivi son maître par le sentier.

Cette présence fut pour lui comme un muet reproche. Il se rappela sa vengeance, le projet qu'il avait eu d'interroger Lina et ce qui en avait résulté.

- Écoute, dit-il à la petite mulâtresse : ta maîtresse me trompe. Elle a des hommes, des amants...

- Vous aussi, moussié, répondit-elle avec un sourire de complicité effronté, vous trompez bonne maîtresse.

- Alors ! c'est vrai qu'elle me trompe ?

- Je l'ai pas dit.

- Si, tu l'as dit.

- Non, moussié.

- Je te ferai fouetter, petite sorcière.

Lina joignit les mains d'un air suppliant et se jeta aux pieds de son maître. Mais elle ne paraissait pas décidée à parler.

M. de Saint-Elme dont toute la fureur était revenue peut-être parce qu'il était mécontent de lui-même, prit l'enfant par les poignets et la serra rudement.

- Si tu ne me dis pas tout, chienne maudite, je te jette dans l'étang...

Ivre de colère et malgré la résistance de Lina il la saisit dans ses bras et courut vers la pièce d'eau. Mais, après quelques pas, il s'arrêta stupéfait. Un éclat de rire retentissant lui fit lever la tête. Il aperçut dans les branches d'un gros laurier, pris comme dans un filet, sous un lacis de lianes aux fleurs roses, son fils Jacques qui le narguait.

- Comment, ricanait-il, tu bats tes esclaves après les avoir caressées ! Ce n'est pas beau ; ta réputation de bon maître en souffrira.

- Tu me paieras cela, petite canaille.

Égaré par la fureur, M. de Saint-Elme avait pris son revolver.

– Descends au plus vite, s'écria-t-il, ou je tire...

Jacques, sans beaucoup d'épouvante, se laissa glisser le long du tronc et tout en frottant son dos encore endolori des coups de cravache :

– Ma mère a un amoureux qui est plus beau et moins méchant que toi. Mais tu ne les pinceras pas, car je vais les avertir de ta venue.

Tout en parlant, il avait fait un bond et s'étant jeté de côté, il disparut bientôt sous le couvert des arbres.

M. de Saint-Elme s'était précipité à sa poursuite sans plus s'occuper de Lina qui s'était enfuie tout doucement du côté opposé.

Jacques jouait pour ainsi dire à cache-cache avec son père, le forçant à tourner autour des buissons, tout en l'accablant d'insultantes moqueries.

M. de Saint-Elme avait désarmé son revolver, une dernière lueur de raison lui avait fait comprendre qu'il serait capable de tuer ce bâtard qui n'avait rien de commun avec lui.

Jacques se laissait approcher, puis brusquement se dérobait confiant dans son agilité. Mais en faisant un pied de nez, ses jambes s'entortillèrent dans des lianes et il s'étala rudement. M. de Saint-Elme le saisit et sans le lâcher lui administra une dure correction.

– Maintenant, dit-il, un peu soulagé, je ne te lâche plus.

– Malheureusement, dit Jacques avec une grimace, vous avez oublié de courir après Lina. Les oiseaux sont envolés ; c'est bien fait.

M. de Saint-Elme ne répondit pas un mot ; mais traînant Jacques par l'oreille, il le mena jusqu'aux cases des noirs et l'enferma dans une sorte de cave qui avait servi autrefois de cachot aux esclaves récalcitrants. Il courut vers sa demeure et arriva à la porte de l'escalier dérobé avant Lina qui avait perdu du temps à faire des détours pour n'être pas vue.

L'esclave et le maître se trouvèrent presque face à face.

– Va-t'en, dit M. de Saint-Elme d'une voix rude. Rien ne peut maintenant sauver ta maîtresse.

Et il la jeta de côté d'une bourrade et franchit la porte.

Lina ne sachant que faire poussa un cri perçant.

À ce moment, Mme de Saint-Elme se fiant à la surveillance que devait exercer Vénus, sûre que Lina avait trouvé moyen de détourner l'attention de Jacques, se livrait sans contrainte à toute l'ardeur de son amour pour Pascalino.

Tous deux, dans la furie de leurs embrassements, avaient rejeté leurs vêtements. La table était couverte de bouteilles vides, de verres renversés et de fruits que les amants avaient mordus ensemble.

Mme de Saint-Elme, à croupetons sur le lit dans la pose d'une bête heureuse et rassasiée comptait les mille piastres réclamées par Pascalino.

On ne voyait d'elle que la coupole rose de sa croupe énorme et la moisson dénouée de sa lourde chevelure blonde éparse et comme fauchée d'où sortait sa main remplie de pièces d'argent.

Étendu à côté de sa maîtresse, Pascalino avait noué ses jambes sèches et poilues comme celles d'un satyre antique aux cuisses et aux jambes grasses et roses de sa maîtresse. Ses yeux, allumés par la fièvre de la cupidité, étincelaient d'une bile couleur d'or.

L'odeur âcre et mêlée des chairs, des fruits et des vins, était rafraîchie par la brise parfumée des forêts qui apportait avec elle la lointaine harmonie des eaux courantes et des feuillages.

Mme de Saint-Elme, les yeux mi-clos, les reins encore secoués d'un frisson d'amour, jouissait délicieusement de sa lassitude voluptueuse et du plaisir de compter de l'argent à l'homme qu'elle aimait.

La vieille Vénus qui avait bu le fond des bouteilles de champagne, ronflait d'un sommeil délicieux sur le palier où sa maîtresse l'avait mise en sentinelle.

M. de Saint-Elme la réveilla d'un coup de pied au moment même où les deux amants épouvantés du cri d'alarme jeté par Lina, se dressaient effarés parmi les pièces d'argent dont le lit était couvert et cherchaient leurs habits, pour se couvrir, au milieu du désordre de la chambre.

M. de Saint-Elme ne leur en donna pas le temps. Silencieux et irrité, il s'avança le revolver au poing.

Pascalino épouvanté courait autour de la chambre comme une bête fauve, cherchant une issue.

Mme de Saint-Elme, agile comme une chatte, s'était tapie derrière le lit. Son mari avec un sang-froid terrible avait fait quelques pas vers Pascalino qui, se voyant pris, se demandait avec désespoir où il avait déposé son couteau.

- Tuer un homme sans défense, s'écria-t-il, est contraire à la loi des frontières.

- Oui, rugit Mme de Saint-Elme, en se dressant furieuse et nue. Un homme sans armes...

- Eh ! qu'importe, dit M. de Saint-Elme en ajustant soigneusement.

- C'est moi la seule coupable !... C'est moi qui l'ai attiré ici. Je le jure.

Et elle se traînait aux pieds de son mari, lui enserrant les genoux de ses beaux bras, le noyant du flot de ses cheveux.

M. de Saint-Elme comprit que s'il la regardait, que s'il l'écoutait, il était vaincu. Il connaissait trop le prestige de cette beauté encore toute-puissante sur son cœur. Mais comme beaucoup d'hommes faibles, il connaissait aussi sa faiblesse et il en souffrait. Aussi, ce fut avec une rage brutale qu'il se débarrassa de sa femme et qu'il lâcha son premier coup de revolver.

La grande glace de la psyché vola en éclats.

- Signe de mort ! ricana Pascalino.

Pendant le répit que lui avait procuré les larmes de sa maîtresse, il avait retrouvé son couteau, roulé son manteau autour de son bras et, habitué à ces luttes, il s'était rapidement baissé. Et maintenant, il se tenait à l'autre bout de la chambre dans une attitude d'arrogant défi...

Un second coup de feu retentit, mais cette fois Mme de Saint-Elme qui s'était jetée au-devant de Pascalino pour le protéger fut atteinte derrière la tête. L'artère carotide était coupée. Des flots de sang se mêlèrent à la merveilleuse chevelure.

Une flaque rouge et fumante s'élargit autour du cadavre encore rose et crispé, sur le tapis semé de pièces d'argent.

La vue du sang produisit sur M. de Saint-Elme un effet terrible. Au hasard, il tira encore un coup de son arme, puis la jeta sans plus s'occuper de Pascalino.

Il se précipita en larmes sur le corps de la morte, et collant son oreille sur ce beau sein qui déjà s'affaissait.

– À moi ! au secours ! criait-il.

Avec un sang-froid extraordinaire, Pascalino mit à profit la douleur de son ennemi. Raflant le sac de piastres, à moitié plein sur le lit, il bondit vers la porte, le poignard aux dents.

Une fois sur le palier du petit escalier, il eut la précaution de fermer derrière lui la porte au verrou. Guidé par Vénus et sa fille qu'il trouva demi-mortes d'inquiétude au bas de la poterne, il réussit à regagner le torrent de l'Homme-Rouge, où son cheval l'attendait. Il se dirigea, à toute bride, vers la frontière.

Quinze jours après, Pascalino, dont les dés et les filles avaient eu vite fait d'épuiser les finances et qui supposait son aventure assez oubliée, se décida à entrer, le soleil couché, à la Nouvelle-Orléans.

Il s'était coupé les moustaches, avait rabattu son feutre sur ses yeux et renvoyé le pan de son manteau jusque sur son épaule.

Il était impossible de lui apercevoir même le bout de son nez.

Ainsi accoutré, il errait comme une âme en peine, cherchant de tout côté s'il n'apercevait pas quelqu'une des jolies mulâtresses qui lui voulaient du bien, pour sa belle mine et dont la bourse lui demeurerait toujours ouverte.

Il rôda quelque temps autour de la boutique d'un marchand d'esclaves, nommé Sam Porter qui l'avait quelquefois employé dans ses chasses aux noirs marrons.

Pascalino, quand les événements l'y contraignaient, ne dédaignait pas le métier de chasseur d'esclaves.

Mais il était tard, Sam Porter était parti.

Deux noirs grands et robustes, comme Milon le Crotoniate, après avoir figuré en montre toute la journée, fermaient la devanture en sifflotant et se préparaient à aller dormir sans se préoccuper outre mesure d'une vente publique annoncée pour le lendemain et où ils devaient figurer en bonne place.

Pascalino était furieux. Depuis son arrivée il n'avait trouvé personne à qui se renseigner. Il n'avait pas mangé depuis le matin et n'avait pas en poche un seul cent pour payer la dépense de son cheval à l'auberge des faubourgs où il l'avait remisé en arrivant.

Il ne savait que résoudre, et tout en tourmentant, machinalement, comme si le poignet lui eût démangé, le manche de son couteau, il avait quitté les quartiers luxueux et bien éclairés du centre. Il allait en reniflant l'air, comme un limier qui prend la piste, le long d'une ruelle puante, bordée de jardins aux clôtures en ruine et de maisonnettes de bois et de briques.

Il dévisageait avec attention tous les passants.

Malheur à celui qui lui eût semblé riche et de bonne mine ! Pascalino l'eût certainement dévalisé. Mais dans la pénombre où luisaient çà et là de fumeux réverbères au pétrole, il ne distinguait que des noirs ou des mulâtres en haillons, qui paraissaient avoir aussi grand besoin d'argent que lui.

Tout à coup, il pressa le pas. Il venait de reconnaître à ne point s'y méprendre, la silhouette obèse et grotesque de la vieille Vénus.

- Au moins, grommela-t-il, en repassant, mais sans le fermer, son couteau dans la ceinture de son pantalon, je vais avoir des nouvelles.

Si la Léonore est morte du coup, c'est une fortune perdue pour moi. Mais il y a peut-être de l'espoir. Cette vieille peau noire a dû venir ici en ambassade pour s'informer de moi. Cela va bien.

Tout en monologuant, Pascalino avait rejoint la vieille qui, d'abord effrayée, se rassura en voyant sourire Pascalino.

- Ah ! mon pauvre monsieur, s'écria-t-elle.

- Qu'est-ce qu'il y a ? dit-il avidement.

- Vous n'êtes donc pas au courant ? grogna la vieille devenue défiante. Tout le monde ici, même dans les journaux, s'occupe de votre aventure.

- Allons ! dépêche-toi. Raconte...

- Bonne maîtresse est morte... sanglota Vénus, accordant une même larme à la perte de sa fortune et au trépas tragique de Mme de Saint-Elme.

- Tu m'expliqueras cela et je la vengerai.

Pascalino et Vénus étaient arrivés en face d'une grande cabane construite avec de vieux bois de navires, des briques et de la terre, et recouverte de feuilles de carton goudronné et de morceaux de tôle.

- Entrons chez moi, fit-elle. Nous pourrons causer sans contrainte.

La maison de Vénus, composée de deux pièces, d'une cuisine et d'autres menues dépendances, était admirablement tenue.

Ce fut une surprise pour Pascalino.

Le sol, carrelé de briques, était couvert de nattes fraîches. Trois fauteuils, des guéridons de mahony, un buffet chargé de cruches et de verres de cristal donnaient à la première pièce un air confortable.

Vénus, dans son intérieur, avait singé le luxe de Mme de Saint-Elme. Des vases de terre commune étaient remplis de roses, de mimosas et de magnolias.

Vénus eut un sourire d'orgueil pour son salon et sa bonne humeur entrouvrit une gueule comparable à celle d'une baleine.

- Mais, reprit-elle, avec une noble condescendance, grisée par son rôle de maîtresse de maison, vous accepterez bien quelques rafraîchissements.

- Je n'ai rien pris aujourd'hui, grogna Pascalino, avec colère. Te moques-tu de moi, avec tes pots de cristal pleins de limonade et de glace ?

- Pardon ? J'ai des saucisses, un peu de mouton, des bananes et d'autres fruits. Je gardais tout cela pour ma fille qui va revenir bien fatiguée du concert... si elle rentre... Je désire qu'elle fasse ce soir la connaissance d'un homme aimant et riche... Nous n'avons plus d'argent...

- Va d'abord veiller les saucisses, grommela Pascalino. Après, tu parleras de ce que tu voudras.

Resté seul, il avisa une dame-jeanne de tafia tressée de paille, la souleva par les oreilles et se versa une large rasade.

Quoique un peu ennuyé de la mort de Mme de Saint-Elme, il reprenait courage à la bonne odeur des saucisses.

- Bah ! murmura-t-il. Une maîtresse perdue, dix de retrouvées !

Pascalino passait à ses propres yeux pour un véritable gentilhomme. Il se piquait donc de parler très purement le français et en tant qu'Espagnol il avait retenu avec un soin particulier tous les proverbes qui couraient dans les tripots et les bars où il fréquentait.

Bientôt le couvert fut mis par Vénus sur une nappe de coton bien blanche.

Toute fière d'avoir un hôte, la vieille avait fait grandement les choses. Il y avait un carafon de madère, une grande corbeille d'ananas, de goyaves et de bananes et de petits gâteaux secs à la vanille, venus d'Angleterre.

Pascalino fit honneur à son hôtesse en dévorant comme un jaguar affamé. Il torcha les plats, mit à sec les flacons, engloutit les fruits et, finalement, si repu que son estomac faisait bosse sur sa maigre carcasse, il tira de sa poche un péricarde de buffle plein de tabac de Virginie, un rouleau de paille de maïs et se fit des cigarettes.

La dame-jeanne avait été largement mise à contribution. Un bol avait été rempli de tafia, d'eau chaude, de cassonade et de tranches de citron. Pascalino dégustait à petits coups son odorante boisson.

Modestement, Vénus tenait tête à son hôte avec une tasse ébréchée et petite mais remplie de tafia pur.

- Maintenant, dit Pascalino, en se renversant voluptueusement sur le dossier de son fauteuil de rotin, nous pouvons causer.

- Vous n'avez pas honte d'être si tranquille, s'écria Vénus avec indignation ! Ah ! ils sont tous les mêmes ! des égoïstes, des cœurs de bois...

- Voyons, fit le bandit, avec un sourire complaisant et repu. Que veux-tu que j'y fasse ? La femme que j'aimais est morte. - Ici un air grave avec une inclinaison de tête solennelle. - Je la pleurerai toute ma vie. - Seconde inclinaison. - Ne l'ai-je pas défendue jusqu'au bout ? Je suis gentilhomme avant tout. Sur cet article, ma conscience est pure et sans reproches.

Pascalino avait mis la main sur son cœur avec un geste digne d'un Casa-Réal ou d'un Medina-Cœli.

Vénus rinça sa vaste mâchoire d'une gorgée de tafia, ses yeux demeurés noirs et vifs sous les sourcils blancs, s'humectèrent de larmes.

- Ah ! je sais que vous l'aimiez bien, soupira-t-elle. La pauvre maîtresse ne vous refusait jamais d'argent. Elle a gagné bien des piastres pour vous avec les Yankees qui ne lui plaisaient guère...

- Bah ! de simples prêts ! Je lui aurais rendu tout cela si elle n'était pas morte.

- C'est possible...

- C'est certain...

- Oui ! mais dans tout ceci, c'est moi la victime ; moi et ma fille !... Au lendemain de l'enterrement... (Ah ! si vous saviez comme j'ai pleuré) ! M. de Saint-Elme nous a vendues sans nulle pitié à Sam Porter, le marchand d'esclaves. Cela m'a bien étonnée, car Lina est la seule femme avec qui le maître eût fait des infidélités à sa Léonore chérie...

Et Vénus se dressa avec orgueil.

- Bah ! dit Pascalino tout pensif.

- C'est comme je vous le dis. Heureusement que j'avais rendu quelques services à Sam Porter qui a toujours des cargaisons de jolies filles difficiles à placer. Il m'a permis de me racheter ainsi que ma fille, avec des piastres économisées par moi, du vivant de bonne maîtresse.

- Léonore était généreuse, fit gravement Pascalino.

- Hélas ! soupira Vénus. Enfin nous sommes libres maintenant, ma fille et moi.

J'ai préparé ici, une belle chambre où Lina reçoit ses amis. Nous ne serions pas trop malheureuses si elle ne dépensait pas tout en toilettes et en brimborions venus de France... des pots de pommade, des peignes, des bijoux...

- Une ruine... Il faudrait à Lina un amant sérieux qui l'empêchât de faire des bêtises.

La vieille Vénus tressaillit et ne répondit rien à cette avance directe. Elle eut l'air de ne pas comprendre, et pour changer la conversation :

- Vous savez que le petit Jacques, cet enfant qui avait tant d'esprit, a été envoyé en France par son père. Beaucoup de noirs de la plantation ont été vendus. M. de Saint-Elme est devenu aussi méchant qu'il était bon.

- Il a de la chance que je ne le rencontre pas...

- C'est plutôt vous qui avez de la chance.

- Et pourquoi ?

- Dame ! votre signalement est dans les journaux ; M. de Saint-Elme est l'ami de tous les juges ; il y a une prime de cinq cents piastres pour qui vous livrera... M. de Saint-Elme est tellement populaire dans la Louisiane que, si vous étiez pris quelque part, la loi du bonhomme Lynch serait appliquée à votre noble personne.

Pascalino, épouvanté, se leva en proie aux affres de la peur. Mais il se rassit bientôt, ses idées venant de prendre un autre cours.

- Alors, dit-il, simulant de son mieux la colère, c'est parce que tu comptes toucher la prime en me livrant que tu prodigues ton tafia !... Et moi qui croyais dormir ici comme sous un toit ami !...

- Vous avez tort de m'insulter, bégaya Vénus toute tremblante...

- Eh ! les noirs sont toujours pareils... des traîtres. Tu en as trop dit, vieille gaupe !

- Je te vaux bien, malgré tes airs fanfarons. Tout le monde sait que tu as du sang de Peau-Rouge dans les veines. Maîtresse était folle de prêter son beau corps blanc à un vieux maquereau métis comme toi. Elle t'aurait vite chassé de son lit et de sa maison si je lui avais appris que tu n'étais autre qu'un fils d'esclave...

Pascalino à cette injure devint blême. Après avoir cherché un prétexte de querelle vague, il se trouvait sérieusement insulté. D'un coup de pied, il renversa la table et marcha vers la vieille en brandissant un couteau. Mais Vénus avait fortement saisi son stylet à manche noir.

- Il est empoisonné, cria-t-elle. Tu ne vivras pas deux heures après que je t'aurai piqué...

- Je me moque de toi et de ton stylet.

Pascalino avait pris une lourde chaise d'acajou et frappait à tour de bras sur Vénus, abritée sous un guéridon comme une tortue sous sa carapace.

De cet asile, elle pointait son stylet aigu et brillant comme le dard d'un scorpion.

Mais Pascalino qui supposait à la vieille des économies, tapait de toutes ses forces. Les hurlements d'effroi et les cris d'appel de Vénus ne trouvaient aucun écho.

Dans ce quartier de mulâtres et de nègres affranchis, de pareilles bagarres étaient fréquentes.

Pascalino, atteint de plusieurs coups de stylet, était fou furieux. Le guéridon qui servait de bouclier à Vénus avait volé en éclats ; le pied de la chaise d'acajou avait fracassé l'épaule de la vieille et Pascalino qui lui broyait la main sous le talon de ses bottes, allait sans doute l'achever, lorsque la porte s'ouvrit brusquement.

Lina en chapeau à plumes, en robe de soie jaune à crinoline, se précipita au secours de sa mère, suivie de deux ou trois noirs qui habitaient les cases voisines.

Ivre et furieux, Pascalino se retourna vers les assaillants. Lina qui criait désespérément au secours ! au feu ! à l'assassin ! eut le nez broyé d'un coup de chaise.

- On défigure ma fille ! beugla Vénus. Comment, maintenant, soutiendra-t-elle sa mère, sa pauvre mère, si elle devient laide ! Aucun monsieur blanc ne voudra plus d'elle !

La vieille, exaspérée, mordit la jambe de Pascalino, si cruellement qu'il lâcha la chaise dont les noirs s'emparèrent immédiatement.

Il écumait de rage. Il avait tiré son couteau et frappait au hasard devant lui cherchant à gagner la porte.

Dans la bagarre, Lina eut la joue coupée d'une estafilade qui partait de l'oreille pour rejoindre le coin de la bouche. Son visage n'était plus qu'un large rire sanglant.

- Elle sera jolie ta Lina, ricana Pascalino. Les portefaix noirs des quais ne voudront même pas d'elle pour les sales travaux de la débauche !... Pourtant ils ne pourront se plaindre de ce que sa bouche soit trop petite. Ah ! je la lui ai bien agrandie...

Au même moment, le bâton d'un des noirs fit voler le couteau et Pascalino, la cuisse traversée d'un coup de stylet, glissa dans le sang et tomba.

Les noirs se jetèrent sur lui, le bourrant de coups de poing, le serrant à la gorge jusqu'à l'étouffer.

La vieille Vénus essuya son stylet pour lui crever les yeux. Déjà il râlait, les yeux blancs de souffrance et de peur presque jaillis des orbites. Lina intervint.

Sa poitrine et son visage étaient rouges de sang. Le sang ruisselait en gouttelettes et en filets qui formaient sur la belle toilette de soie jaune d'imprévues broderies écarlates.

Ses mains brunes et nerveuses comme celles d'une guenon retinrent le bras de sa mère prête à frapper.

- Mama ! supplia-t-elle. Il ne faut pas le tuer. Souviens-toi que c'était l'homme qu'aimait pauvre maîtresse.

- Je veux tuer ce chien de métis, vociféra la vieille. Il mourra !...

- Oui, crièrent les noirs. Il faut le tuer.

Et le poing de l'un d'eux s'abattit sur la poitrine de Pascalino qui résonna sourdement pendant qu'un filet de sang lui empourprait le coin des lèvres.

Mais Lina s'était avancée résolument.

- Allons, dit-elle avec autorité aux noirs, voulez-vous donc vous mettre une affaire sur les bras ? Laissez-le aller. Cette bonne correction suffit... Il s'en souviendra.

- Grâce ! grâce ! soupira Pascalino.

Les noirs indécis le lâchèrent un instant. Profitant de cette hésitation, Pascalino s'élança vers la porte et s'enfuit en boitant, tel un taureau mal assommé, échappé au maillet sanglant du boucher, beuglant et titubant s'enfuit des abattoirs.

III

Après la mort de sa femme, M. de Saint-Elme était demeuré pendant trois mois plongé dans une noire mélancolie. Maintenant, il ne s'occupait plus que rarement et, pour ainsi dire, par accident de l'administration de son domaine ; il passait presque toutes ses journées à la Nouvelle-Orléans où il avait loué une petite maison dans le quartier neuf ; il fallait que quelque vente importante de sucre ou de coton nécessitât absolument sa présence à l'habitation pour qu'il se dérangeât.

En son absence, le commandeur Vulcain régissait l'exploitation avec une probité scrupuleuse.

Les noirs de « l'Homme rouge » aimaient tellement leur maître qu'ils déploraient son absence, qu'ils en souffraient et qu'ils accusaient même M. de Saint-Elme d'ingratitude et de méchanceté à cause de ses longues escapades.

Le château de « l'Homme rouge » ainsi nommé du voisinage de la cascade, était devenu odieux à son propriétaire. Celui-ci cherchait dans la débauche et dans l'ivresse une consolation à ses chagrins, mais, timide et redoutant les railleries, il fuyait les endroits à la mode, l'Opéra, où les quarteronnes étalent leurs bijoux et leurs épaules succulentes et dorées comme de beaux fruits, le restaurant Meissonnier où crépitent les détonations du champagne, où le claret et le burgondie coulent à flots. Ses plaisirs étaient nocturnes et silencieux ; il se plaisait à errer dans les quartiers mal famés, y trouvant des maîtresses qu'il gardait quelques jours et qu'il renvoyait brutalement, dès leur premier mensonge, dès leur première tromperie, si puérils et si innocents qu'ils fussent.

On le voyait fréquenter les auberges où l'on parque les émigrants allemands et faire son choix parmi des fillettes aux cheveux de filasse, aux yeux bleus étonnés et bêtes, dont les mains couvertes d'engelures étaient gercées par les corvées du labour ou de l'usine.

Il guettait à la sortie des bals des filles de couleur, les petites inexpérimentées dont les mères besogneuses cherchaient à troquer les prémices pour des bijoux, des robes de soie ou des liqueurs.

Il était l'habitué d'une foule de bouges et la générosité avec laquelle il offrait à boire l'avait rendu populaire.

Un soir, dans le quartier irlandais, il déambulait à moitié ivre, soutenu par deux filles qui le suivaient depuis le matin.

C'étaient deux filles du comté de Galway au profil noble et doux, à la bouche hautaine et fine. On eût cru à première vue deux grandes dames. Leurs clairs yeux verts paraissaient radieux d'innocence, une royale toison de cheveux roux presque blonds, tombait en nattes pesantes sur leurs épaules et leur teint était d'une pureté et d'une blancheur liliales.

Mais leur voix rauque, le tremblement qui agitait leurs longues mains pâles, leurs pommettes amaigries que la fièvre fardait de rose décelaient la tuberculose et l'alcoolisme invétéré. Elles toussaient avec coquetterie et réclamaient sans cesse de nouveaux grogs.

De quel antre mystérieux étaient sorties ces pitoyables larves, pourtant si belles dans leur maigreur élégante ? De quel bill de la Chambre des Lords, de quelle page de la Danse macabre ou de quel lupanar sortaient-elles ?

Toutes petites, sans doute, après les évictions et la mauvaise récolte des pommes de terre, elles avaient dû sucer l'alcool dès le biberon ; elles ne se connaissaient pas de parents, leur mère était sans doute la Faim et leur père le *delirium tremens.*

Pourtant, derrière elles, une vieille en haillons qui se disait leur tante, marchait à une dizaine de pas, déjà ivre de l'alcool que Polly et Jemmy laissaient au fond de leurs verres à son intention.

M. de Saint-Elme avait vainement essayé de congédier cette harpie.

– Il faut que je veille sur mes enfants, avait-elle bégayé entre deux hoquets... Vous avez l'air d'un honnête gentleman, vous, payez-leur bien à boire.

– Du grog bien chaud et bien épicé, fit Jemmy.

– Oui, Milord, ajouta Polly en faisant la révérence, voyez comme ma sœur tousse.

– C'est une bonne affaire pour ce gentleman, ricana la vieille, les poitrinaires sont bien plus amoureuses. Il n'aura pas à regretter sa dépense.

M. de Saint-Elme épouvanté à la fois et charmé croyait revivre un des contes d'Edgar Allan Poe, le romancier de Baltimore, dont la fin tragique et la gloire étaient alors connues de tous les Américains tant soit peu lettrés.

Le créole et ses étranges compagnes étaient entrés dans une sorte d'hôtel-restaurant près du port. Là, ne hantaient guère que des matelots et des mulâtres. L'établissement demeurait généralement ouvert toute la nuit.

Le patron était un vieux noir affranchi devenu riche par ses accointances avec les filles de couleur et avec les receleurs chez lesquels les noirs marrons des forêts écoulaient le produit de leurs pillages. On l'appelait M. Bonbon et il se prétendait noble.

Son père, un des amis de Toussaint-Louverture, avait failli être capturé en même temps que lui. Traqué par les troupes françaises dans la province du Dondon, le général avait réussi à gagner la Louisiane, où ses économies lui avaient permis de s'installer comme cabaretier d'abord, puis comme hôtelier.

Son fils conservait encore pieusement un habit à larges revers, des épaulettes à graines d'épinard et des bottes à l'écuyère - souvenirs historiques qu'il exhibait aux occasions solennelles, à l'admiration des intimes.

En apercevant les nouveaux venus, M. Bonbon s'assit à son comptoir, entre un bol de tafia et une histoire des révolutions de Saint-Domingue qu'il paraissait étudier avec une profonde attention. Mais, comme par malheur il ne savait pas lire, il avait placé le volume la tête en bas. Il roulait des yeux et remuait activement les babines, ainsi qu'il avait vu faire aux prêtres catholiques de sa race en lisant leur bréviaire.

- Bonjour Messié ! et belles Madames, s'écria-t-il en fermant bruyamment l'histoire des révolutions comme un homme excédé de fatigue et qui succombe sous le poids de la pensée.

M. Bonbon portait fièrement une redingote bleu d'azur et un gilet bouton d'or. Une cravate rouge et un col démesuré encadraient une figure pleine de bonhomie à laquelle des cheveux blancs contrastant avec l'ébène profond de la peau, l'émail étincelant des yeux et des dents, donnaient quelque chose de vénérable à la fois et de grotesque.

M. de Saint-Elme ne put s'empêcher de sourire, il connaissait la vanité du noir.

- Monsieur Bonbon, dit-il gravement, je suis heureux de saluer en vous un personnage historique ; voulez-vous avoir la bonté de me faire préparer la chambre du premier et de m'y faire servir quelque chose à manger.

- Ah ! quée malheu ! s'écria M. Bonbon avec un geste tragique, la chambre est héténue par Mossié Améïcain !

- Oui, sale nègre, rugit une voix au fond de la salle, j'ai retenu ta chambre et je te l'ai même payée d'avance. Ne t'avise pas de me manquer de parole, ou je te caresse le derrière à coups de botte.

M. de Saint-Elme se retourna, prêt à gifler le malotru, mais il se trouva tout étonné en apercevant son ancienne connaissance M. Growlson fort occupé à boire du claret en compagnie de deux jolies mulâtresses assez mal vêtues.

Le Yankee était aux trois quarts ivre, et mâchonnait un bout de cigare éteint. Dans sa face osseuse où l'épiderme tanné, marbré de plaques rouges semblait tiré comme par les fils de fer d'une armature intérieure, les yeux étrangement bleus et limpides flambaient d'une lueur de folie...

Tout en sirotant le breuvage dont il se rinçait la bouche crapuleusement avant de l'avaler, il tailladait méthodiquement le bois de la table, qu'il réduisait en copeaux aussi fins que possible, suivant alors une mode alors universelle aux États-Unis. Il était rare alors de ne pas rencontrer un Yankee occupé à taillader des copeaux.

Cette manie était poussée si loin que les patrons de bar achetaient pour leurs clients des peupliers entiers et que les garçons de bureau du Capitole de Washington ne manquaient jamais de déposer chaque matin sur les bureaux des représentants une provision de bois tendre.

Des paris énormes étaient engagés et celui qui réussissait le copeau le plus mince empochait les enjeux. On cite le cas d'un navire, le *Majestic* dont le mât de beaupré se trouva entièrement abattu par le bowie-knife des passagers au cours d'une traversée.

De temps à autre, M. Growlson s'interrompait de cette agréable occupation pour passer la main dans la chevelure frisée de ses petites compagnes ou pour leur tirer amicalement les oreilles.

Cette récréation voluptueuse était coupée de longs bâillements que les deux mulâtresses, par ennui naturel ou par habile flatterie, répétaient avec un ensemble admirable.

Le fils du général Bonbon qui s'attendait presque à une bataille à coups de bouteilles et d'escabeaux dont son matériel eût beaucoup souffert, fut agréablement surpris en voyant Growlson se dresser avec une roideur automatique et serrer énergiquement les mains de M. de Saint-Elme.

Les deux mulâtresses firent une révérence cérémonieuse aux deux Irlandaises et tout le monde s'installa. La société ne tarda pas à être au grand complet, car la tante de Polly et de Jemmy, infatigable dans sa surveillance, parut bientôt à la porte de l'établissement.

Pour qu'elle se tînt tranquille on lui fit servir du gin que M. Bonbon scandalisé par les haillons de la vieille apporta d'un air dégoûté et déposa sur un coin de la table avec la mine supérieure d'un homme du monde obligé à de fâcheuses promiscuités. La dame ne s'en émut guère et tirant de sa poche une pipe fort courte, elle se mit à fumer avec une impassibilité philosophique.

Cependant, M. Growlson s'était levé et dans l'intention d'éblouir son hôte par une hospitalité fastueuse, il s'était dirigé en titubant vers M. Bonbon, auquel il parlait à l'oreille avec des allures mystérieuses.

- Et tu sais, sale nègre, ajouta-t-il d'une voix de tonnerre, tout ce que tu as de meilleur !... Ce gentleman est un de mes amis.

- Mais c'est Lina, s'écria M. de Saint-Elme qui, depuis quelque temps, considérait en silence la plus jeune des mulâtresses.

- Oui, Monsieur, et bien malheureuse !

Polly s'était levée, le poing sur la hanche, prête à s'élancer sur Lina.

- Mêle-toi de ce qui te regarde, lui cria-t-elle, espèce de peau crasseuse !

- Crois-tu, ajouta Jemmy avec un affreux regard, que nous allons laisser un vilain museau de pain d'épice comme toi, nous enlever notre Monsieur ? Tâche de rester tranquille dans ton coin ou je te casse les dents à coups de bouteille.

À ce moment M. Growlson, majestueusement ivre, revenait

s'asseoir à sa place.

- Qu'est-ce qu'il y a ? demanda-t-il avec un regard soupçonneux.

M. de Saint-Elme intervint.

- Rien du tout, fit-il, ces demoiselles ont un peu bu ; elles se figurent que je fais la cour à la petite Lina, qui est une de mes anciennes esclaves.

Growlson eut un sourire indulgent.

- Ça m'est égal, bégaya-t-il d'un ton supérieur, je vous la prêterai si vous voulez, mais nous sommes ici dans une réunion d'amis, il est contraire à la respectabilité de se disputer... C'est bien simple... La première qui criera trop fort recevra un coup de poing sur le nez...

M. Growlson qui avait débuté dans l'existence en qualité de garçon d'abattoir, montra avec orgueil un poing démesuré, aussi dur et aussi velu que le couvercle d'une vieille malle. D'ailleurs ses doigts boudinés et rouges étaient ornés de plusieurs bagues dont les pierres jetaient des feux étincelants.

- Vous avez une main superbe, dit M. de Saint-Elme.

- Oui, ajouta Polly avec un gracieux sourire, on dirait une cuisse de mouton.

Growlson eut une petite moue approbative ; il était intérieurement flatté.

La joie et la concorde se rétablirent définitivement lorsque M. Bonbon apparut portant, avec la gravité du personnage historique qu'il croyait être, un plateau chargé de bouteilles de champagne, de glace pilée et de whisky.

- Je ne vous parlerai pas de votre aventure et du malheur qui vous est arrivé, commença Growlson...

- Vous me ferez plaisir, répliqua sèchement M. de Saint-Elme.

- Non, je ne vous en dirai pas un mot, je vous en donne ma parole !... Je suis trop discret, trop bien appris pour cela. D'ailleurs, l'aventure est tout à votre honneur. Les journaux en ont parlé... Et nous ne manquons pas d'autres sujets de conversation...

- C'est ce que je pensais ; vous me feriez plaisir en parlant d'autre chose.

- Comme il vous plaira, je serais désolé de vous faire de la peine, mais, vraiment entre nous, vous avez bien tort de vous chagriner pour si peu. Vous avez été victime du sort commun. Savez-vous qu'avec... Je sais vivre, je ne vous dirai pas combien de dollars, on pouvait...

- Vous êtes une brute, un malotru, je vous préviens que je vais quitter la place !

M. de Saint-Elme s'était levé ; Growlson le força à se rasseoir et lui serra la main avec attendrissement.

- Voyons, ne vous fâchez pas, j'ai seulement voulu vous dire qu'en y mettant le prix, on pouvait avoir toutes les dames de « la société ». Après tout, qu'est-ce que cela peut vous faire ? S'il s'agissait d'une question sérieuse, je ne dis pas...

Tout en parlant, Growlson avait rempli les verres. M. de Saint-Elme trinqua et but d'un air morne, puis il éclata de rire.

- Mon vieux Growlson, dit-il, vous êtes une brute ! Une incorrigible brute !

- Oh ! oui, firent d'une même voix les quatre femmes.

Growlson serra ses redoutables poings et les voix aigrelettes et rauques se turent. M. de Saint-Elme continua d'un ton plein d'affabilité.

- Oui, mon vieux, vous êtes une brute, mais vous avez raison. Vous parlez comme on doit parler... Et vous, pourquoi donc avez-vous renoncé aux dames de « la société » ?

- Parce que je suis un homme pratique. Pour le même prix on a deux douzaines de quarteronnes ou d'émigrantes. Cela coûte moins cher, puis elles sont moins rances que vos créoles. Quand on n'en veut plus, on a toujours la satisfaction de pouvoir les battre ou leur tirer les cheveux, ce qu'on ne peut pas faire aux dames de « la société ».

- Je vous admire...

- Il y a encore autre chose. Votre aventure m'a instruit ; je ne tiens pas à me faire casser la tête par un mari jaloux.

Ici Growlson se pencha confidentiellement vers son interlocuteur :

- Je puis vous le dire, murmura-t-il, les dames créoles m'ont coûté bien des milliers de dollars. Je possède encore mille livres en bank-notes, mais c'est tout ce qui reste de mon argent... Il y a encore de quoi s'amuser.

Malgré le ton confidentiel qu'il avait pris, M. Growlson avait parlé très haut et, d'un même mouvement, Irlandaises et mulâtresses avaient levé le nez de dessus leurs verres où la mousse du vin s'évaporait en petites bulles d'or pâle et s'étaient regardées d'un œil de convoitise et de complicité.

Mille livres ! Cinq mille dollars ! Cocotte, la compagne de Lina fronça les sourcils avec étonnement. Comment pouvait-on avoir une pareille somme ?

Comme elle avait l'esprit mathématique, elle calculait qu'en agréant pour amants, à raison d'un demi-dollar par tête et par mois les soldats de la milice, il lui faudrait cent quatre-vingt-dix-sept ans pour acquérir un capital aussi fabuleux.

Les Irlandaises réfléchissaient à un moyen plus expéditif de gagner la somme.

Lina regardait M. de Saint-Elme avec un sourire ému. Les conversations de sa jeune maîtresse, Mme Eléonore, lui revenaient en mémoire ; mille livres, mais ce n'était pas le quart du revenu de son ancien maître. C'était à lui qu'il aurait fallu plaire, et son sourire se faisait plus câlin et plus naïf. Elle baissait les yeux ; tout doucement elle avait détaché son bras de la taille de Growlson et sa pantoufle évoluait avec une sage lenteur vers les bottes de cuir fauve de M. de Saint-Elme.

Celui-ci pérorait avec éloquence.

- Mais, M. Growlson, il faut que je vous parle en ami. Comment, vous vous donnez comme un homme pratique, et vous continuez à vivre en prodigue, alors qu'il ne vous reste plus que mille livres ? C'est de la folie, pardonnez-moi le mot, mais je vous regarde comme un brave et loyal Yankee. Mon cher, il faut travailler, faire des affaires, ne pas vous enliser dans des orgies bêtes avec ces filles.

D'un geste circulaire, il désignait l'assistance anxieuse et souriante.

- Vous vous y enlisez bien, vous, fit froidement Growlson en buvant à même une bouteille dont Mlle Cocotte reçut sans murmurer le surplus sur sa robe de nankin.

- Pardon, répliqua M. de Saint-Elme, moi, j'ai cinq mille acres de forêts et de plantations, cinq à six cents noirs, je ne sais plus au juste, et...

- Oui, je sais, des fonds d'États, des valeurs anglaises et françaises... comme tous vos pareils !

- Plaît-il ?

- Oui, le sang du Vieux Monde vous travaille. Vous n'êtes pas un homme nouveau comme moi, un « self-made man » ; avez-vous augmenté la fortune de votre père ?

- Non, Dieu me garde !

- Vos fils seront des cireurs de souliers ou, pis, encore, vos filles... des... comme ces dames !

M. de Saint-Elme sourit, les femmes lancèrent au Yankee un regard chargé de haine.

- Oui ! continua Growlson avec enthousiasme, ma race mangera la vôtre. Vous tirez votre revenu du capital des morts ; si vos grands-pères n'avaient pas conquis sur les sauvages la propriété de « l'Homme rouge », vous crèveriez de faim. Moi, quand j'ai mille livres, je les dépense et j'en gagne d'autres avec mon énergie. Vous, vous vivez en parasite de l'énergie de vos ancêtres. Vous avez de la chance qu'ils en aient eue à votre place.

- Vous avez vraiment l'esprit lourd, mon cher Growlson, vos ancêtres vous ont légué des muscles et de l'énergie, les miens un peu d'argent et de philosophie. Cela revient au même et cela égalise les chances.

Growlson haussa les épaules avec dédain.

- Moi, s'écria Cocotte, qui avait lappé silencieusement le contenu d'une bouteille entière, ma mère ne m'a légué que de belles cuisses !

- Cette petite n'a reçu aucune éducation, cela est visible, dit Lina, avec un sourire pincé.

Les deux Irlandaises s'étaient partagé un flacon de whisky. Les lignes pures de leur visage prenaient une expression ignoble.

- Moi, déclara Polly, en s'interrompant de nettoyer d'une langue pointue et rose les verres de ses voisines, je suis poitrinaire et ivrognesse comme ma sœur !

- Cela te fait deux chances de bonheur, hurla la vieille accroupie au fond de la salle.

Growlson et M. de Saint-Elme écoutaient avec un sourire un peu stupide. Mais leurs regards étaient chargés de rancune.

- Je gagnerais des millions de dollars avec la fortune de ce paresseux qui ne sait même pas la dépenser, songeait Growlson.

Et M. de Saint-Elme se disait :

- Si j'avais autant de volonté que cette brute, je serais heureux.

Les choses auraient peut-être mal tourné, si M. Bonbon, impassible et serein dans son bel habit bleu, n'était venu annoncer à ses « chés Messieus », que le souper était servi dans la salle d'en haut.

Tout le monde se précipita dans l'escalier en culbutant les bouteilles vides. La pièce, de médiocre grandeur, était bariolée de couleurs criardes, des feuillages de papier doré décoraient une grande glace où des aventuriers de toutes les nations et des filles de toutes les couleurs avaient écrit ou dessiné des choses obscènes de la pointe de leur couteau ou du chaton de leurs bagues.

La société eut un regard d'admiration pour le portrait en pied du général Bonbon, le fameux Richelieu Bonbon, dont les exploits appartiennent à l'histoire. La piété de son fils avait mis la dernière touche à ce chef-d'œuvre, exécuté par un fameux peintre d'enseignes, en collant aux bons endroits de vrais galons, de vrais rubans et même de vrais boutons d'uniforme de général, venus à grands frais de Saint-Domingue.

Growlson qui tenait à se montrer grand seigneur, s'aperçut que ces dames avaient les mains sales.

- Allons, sale nègre, commanda-t-il, apporte au plus vite à ces misses une cruche d'eau fraîche, une cuvette, du savon ; et il ajouta d'un ton majestueux et négligent :

- Vous ferez en sorte de leur procurer aussi un flacon de véritable eau de Cologne ou tout au moins du vinaigre de Bully.

M. de Saint-Elme commençait à s'amuser.

- Il n'y a vraiment, dit Lina, que des Yankees, pour savoir dépenser leur argent.

En attendant l'ablution promise, les dames serraient les poings pour cacher leurs ongles en deuil et en même temps pour mettre leurs bagues en évidence.

Bientôt le petit Napoléon qui gardait toute la fierté de sa race, quoiqu'il n'eût alors que dix ans, déposa dans un coin tous les objets réclamés par Growlson. Seulement, son vénérable père n'ayant pas sous la main d'eau de Cologne, avait jugé bon de remplir avec du gin une vieille bouteille à l'étiquette du célèbre Farina. Personne ne jugea à propos de se plaindre de cette substitution. Mais Polly ayant flairé la mixture en but une gorgée et passa la bouteille à sa sœur. Les Irlandaises et les mulâtresses se rafraîchirent alternativement.

À une exception près, tout se passa correctement. Seule, la petite Cocotte qui se sentait probablement le besoin d'un bain plus complet, excita des murmures lorsqu'elle retira ses bas et déclara qu'elle allait se laver les pieds.

M. Growlson eut un regard foudroyant.

- Cette jeune fille n'a jamais eu l'honneur de fréquenter des gentlemen, dit-il.

La petite Cocotte qui s'était déjà déchaussée et avait retroussé sa jupe de toile à grandes fleurs avec un geste d'indifférence philosophique, comprit qu'elle avait fait un impair. Toute honteuse elle alla dans un coin remettre ses bas.

- Les femmes ne savent plus vivre, murmura Growlson, avec un geste dégoûté ; il se regarda dans la glace. Mécontent de sa tenue, il tira de sa poche un petit peigne et remarqua avec douleur que la fumée des cigares avait noirci sa joue gauche. Il eut recours à la fallacieuse eau de Cologne de M. Bonbon, et reprit avec la netteté de son teint tout son aplomb.

Il regarda ses ongles bordés de noir comme une lettre funèbre, au moment où Napoléon et son père mettaient le couvert sur une table ronde. Il s'empara d'une fourchette et se cura les ongles, avec la satisfaction d'un gentleman qui attache beaucoup d'importance aux soins corporels.

- Je me baigne souvent, dit-il, avec négligence... presque tous les jours.

- J'en suis ravie, fit Lina, avec un regard langoureux, et elle rapprocha sa chaise de celle du Yankee.

M. Growlson eut un éclair d'orgueil dans le regard et il ajouta :

- Je n'aime pas à me vanter, moi ! Mais je donne trente dollars à mon coiffeur.

Personne ne répondit. M. Bonbon venait d'apporter une excellente soupe au gombo-filé, dont le parfum réveilla l'appétit de tous. Chacun se mit à manger en silence. D'abord un ragoût de crabes de terre accommodé au safran et au poivre de Cayenne, puis un quartier de bœuf rôti avec des patates frites et une sauce dite « sauce à papa », et composée de jus de citron et de petits piments très forts.

Le festin fut interrompu dans son plus bel endroit par la vieille Irlandaise qui avait doucement monté l'escalier à la suite de ses nièces et qui les tirait par leur robe afin d'avoir sa part de toutes les bonnes choses qui se trouvaient sur la table.

Growlson, écœuré par les haillons de la vieille, la gratifia d'un coup de pied qui sonna sur ses côtes saillantes comme des cercles de barrique.

Jemmy et Polly rirent aux éclats des grimaces de leur tante et de ses grognements de mauvaise humeur.

M. de Saint-Elme intervint et ordonna à M. Bonbon d'emmener la vieille femme en bas et de lui donner largement à boire et à manger, avec autant de whisky qu'elle en voudrait. Le mot « whisky » eut un effet magique : la vieille se précipita dans l'escalier, non sans avoir fait à la compagnie une belle révérence.

Le repas, jusque-là, avait été assez morne. Growlson mangeait et buvait comme un ogre. C'était entre lui et les Irlandaises, atteintes d'une boulimie séculaire, un véritable match de voracité.

M. de Saint-Elme mangeait peu et ne cessait de regarder Lina qui, de son côté, ne le quittait pas des yeux. La petite Cocotte, après avoir étourdi tout le monde ronflait le nez dans son assiette, et le visage barbouillé de sauce.

Growlson, après avoir copieusement bu, essaya d'entamer une discussion sur la supériorité des gens d'action et des Yankees, mais sa langue devenait pâteuse ; il ne tarda pas lui-même à s'endormir, et ses terribles ronflements firent vibrer les cloisons et réveillèrent Cocotte, qui se leva épouvantée.

M. de Saint-Elme était profondément ennuyé et dégoûté, il paya M. Bonbon, jeta sur la table une poignée de dollars que les femmes se partagèrent, puis il sortit, laissant Lina tout attristée de son départ. Il s'éloigna lentement, envahi par des pensées de suicide. Il ne savait où aller : tout l'ennuyait. Plein de faiblesse, il erra quelque temps au hasard, et la fatigue physique s'ajouta à la douleur morale. Il ressentait, avec une âpreté extraordinaire, un besoin de tendresse câline et de baisers caressants dont il était sevré depuis longtemps.

Il se promena quelque temps sur les levées plantées de grands arbres qui défendent la ville contre les inondations du fleuve. Stupidement, il s'arrêta devant la façade illuminée d'un music-hall de dernier ordre ; des noirs et des Mexicaines grattaient du banjo, en buvant du whisky au goût de grain moisi.

Il s'assit, accablé, sur une banquette de rotin, et demanda une citronnade ; bientôt les chants et les rires l'énervèrent, et les monotones ronrons du banjo le plongèrent dans une somnolence fiévreuse ; il dormait pour ainsi dire les yeux ouverts ; il repassait méthodiquement son existence, si lamentable et si vide et qu'il eût pu faire si heureuse. Il sentait un invincible sommeil le gagner dans cette atmosphère empestée d'alcool et d'âcre sueur où la fumée des cigares s'amoncelait en nuages opaques, où les profils gesticulants et frénétiques des noirs s'agitaient comme en un cauchemar.

Tout à coup il se sentit tirer par la manche. Il se réveilla en souriant d'un air hébété.

Lina était devant ses yeux.

– Allons, mossié, fit-elle, venez avec moi bien vite ! Bien vite !

– Laisse-moi tranquille.

M. de Saint-Elme s'aperçut que sa robe tachée de vin et de sauce était déchirée par endroits ; ses cheveux étaient en désordre, ses mains et son visage portaient des marques d'égratignures.

– Il faut venir, répéta-t-elle, en essuyant du revers de sa manche le sang et les larmes qui lui barbouillaient le visage.

– Mais pourquoi ? petite sotte, demanda d'un ton bourru M. de Saint-Elme qui sortait péniblement de sa torpeur.

– Après votre départ les Irlandaises et leur tante ont dévalisé Growlson ; comme nous avons voulu nous y opposer, M. Bonbon et moi, il y a eu une bagarre, Growlson est tellement ivre qu'il a été impossible de le réveiller. Venez vite, ils doivent être en train de se battre.

- Je te suis, mais comment as-tu pu me retrouver ?

- Ce n'est pas difficile, il n'y a pas beaucoup de cafés ouverts à cette heure-ci. J'ai regardé partout où il y avait de la lumière.

En arrivant, ils trouvèrent M. Bonbon, dont la glorieuse redingote avait reçu quelques atouts, installé comme de coutume à son comptoir avec un sourire triomphal ; un agent de police mulâtre enregistrait sa déposition sur un calepin crasseux.

- Eh bien ? demanda Lina avec angoisse, que s'est-il passé ?

M. Bonbon se gratta le front d'un air supérieur.

- Eh ! c'est bien simple, messiés, j'ai employé un stratagème, comme mon illustre père, le général Bonbon ; j'ai réussi à enfermer ces voleuses d'Irlandaises dans un petit cabinet où je serre mon whisky, elles sont à l'heure qu'il est soûles comme des grives.

- Et Growlson ?

- Il ne vaut guère mieux ; je l'ai trempé dans un baquet d'eau pour le réveiller, il a failli m'assommer. Je l'ai enfermé avec mes prisonnières. Je suis un citoyen libre, Messiés, je vais déposer une plainte contre ce Yankee ; il m'a insulté et il a donné un coup de poing dans le portrait du général, une œuvre d'art magnifique, une peinture historique que je ne donnerais pas pour dix mille dollars.

M. de Saint-Elme eut grand-peine à arranger les choses ; il dut sacrifier une dizaine de dollars pour payer les dégâts commis par les Irlandaises, calmer les scrupules de l'agent de police, et mettre une pièce à la fameuse toile.

Malgré tout ce qu'on put lui dire, on ne put jamais faire croire à Growlson qu'il avait été volé ; les yeux bouffis, les jambes titubantes, il alla cuver son vin dans une des chambres d'en haut, suivi des Irlandaises et de leur tante qui avaient juré de se montrer à l'avenir pleines de probité. Cocotte dormait encore sur sa chaise ; l'agent de police, après lui avoir adressé quelques compliments, n'eut aucune peine à en faire la conquête et à l'emmener avec lui.

Les appels mélancoliques des bateaux à vapeur commençaient à retentir sur le fleuve ; le ciel pâlissait du côté de l'orient, et le jour croissait de minute en minute, avec cette rapidité presque brutale, particulière au climat des tropiques, où on ne connaît pas les longs crépuscules qui font le charme des pays tempérés.

M. de Saint-Elme, dont Lina avait pris le bras, se dirigea vers les quais où s'alignaient des navires de toutes les nations du monde ; là, une escouade de noirs d'une taille herculéenne, embarquaient un chargement de coton destiné aux filatures anglaises ; plus loin, des agents de police surveillaient un convoi d'émigrants ahuris et blêmes dont les yeux s'ouvraient avec étonnement sur ces visages inconnus.

M. de Saint-Elme regarda sa compagne dont la beauté à peine développée portait les traces d'une existence de fatigue et de misère. Ses grands yeux noirs étaient soulignés par le bistre des insomnies : dans le frisson matinal, les lèvres étaient violacées ; le teint si éclatant aux lumières paraissait grisâtre et la raie blanche d'une cicatrice partait du coin de la bouche et allait rejoindre l'oreille gauche. On eût dit que Lina allait lever le masque de mélancolie appliqué sur ses traits et révéler tout à coup une face inconnue et nouvelle.

Lina emmenait son ancien maître hébété de lassitude et à peine conscient de la route qu'il suivait dans la direction du faubourg, vers la maisonnette qu'elle n'avait pas cessé d'habiter en compagnie de sa mère, la vieille Vénus.

IV

Tom Dixon avait à peine dix-neuf ans, mais son visage osseux et allongé, au front très haut, à la mâchoire fortement proéminente ne permettait pas de lui assigner un âge quelconque. Encore imberbe il avait déjà des rides et quelques cheveux gris. Ses yeux mornes, d'un bleu de glace, annonçaient une persévérance et une force de volonté effrayantes.

Toujours vêtu d'une redingote noire râpée, si étroite qu'elle accusait nettement le dessin squelettique des épaules, le jeu des clavicules et la cage des côtes, il parlait rarement. Presque toute la journée, installé dans le meilleur fauteuil de Vénus, il lisait des livres de mathématiques et de chimie, les lèvres amincies et les sourcils froncés par l'attention. Tom était un enfant trouvé. Tour à tour garçon de bar, employé dans une entreprise de vidange, teneur de livres d'un marchand d'esclaves et domestique d'un *gambler* ou joueur de profession, il n'avait jamais cessé, au cours de ses avatars, de mener la conduite la plus exemplaire, économisant sans cesse de menues sommes avec lesquelles il s'achetait des livres. Suivant les cours gratuits, il avait commencé par entasser dans son esprit une foule de connaissances disparates. Puis le désir s'était précisé en lui de devenir un grand savant et il tendait à son but avec la patiente lenteur d'un homme sûr de l'atteindre. D'ailleurs, il n'était gêné par aucun préjugé dans sa marche têtue vers le triomphe.

Sans la plus légère hésitation il était devenu l'amant de la hideuse Vénus. À la suite d'un marché minutieusement débattu, il devait passer, chaque soir, un certain temps aux côtés de l'antique sorcière étalée au milieu de son lit comme un paquet d'entrailles sur un fumier ; il s'acquittait de cette fonction avec le même zèle ponctuel qu'un employé met à se rendre à son bureau.

En revanche, Vénus, grâce aux gains de sa fille, le nourrissait et lui remettait chaque jour une petite somme pour son entretien et pour ses livres. Dans ses jours de gaillardise, la vieille pouvait obtenir un supplément de caresses, moyennant des primes convenues d'avance et proportionnées au labeur fourni.

M. Tom, comme l'appelaient respectueusement les noirs du voisinage, était d'ailleurs des plus faciles à vivre ; ne riant jamais, ne se fâchant jamais, il résolvait toutes les questions par un oui ou par un non – ou par un chiffre. Voulait-on lui parler, essayait-on d'insister, il tirait sa montre, mettait son chapeau et s'en allait. L'insulte et la flatterie le trouvaient également indifférent ; l'une et l'autre lui faisaient perdre du temps, et voilà tout.

Vénus le regardait comme un homme terrible et l'adorait de toute sa vieille âme d'esclave et de femelle.

Dans les rues, le soir, M. Tom ne s'approchait jamais des rassemblements. S'il y avait quelque bataille, il s'éloignait tranquillement sans même hausser les épaules. Il était d'une force herculéenne ; lui barrait-on le passage, il donnait des coups de poing – plus rarement des coups de couteau, et passait.

C'était dans la maison de la vieille négresse une puissance silencieuse et terrible, d'une loyauté affreuse, d'une impassibilité fatale. Il ne buvait que de l'eau, mangeait ce qu'on lui servait et n'avait pas d'autre maîtresse que Vénus.

Lina avait une véritable terreur de cet homme toujours penché sur ses livres et qui disparaissait poliment lorsqu'elle ramenait quelque galant au logis.

– Ma mère, dit-elle un jour, j'ai peur de M. Tom ; on lit dans son regard qu'il nous vendrait toutes les deux s'il le pouvait, sans même y attacher d'importance.

– Je t'assure qu'il est très bon... Il m'a donné sa parole, une fois, de me prendre pour sa cuisine, ou sa lingerie, quand il sera milliardaire – il est si intelligent !

– Il me fait peur ; il a le regard fascinateur du serpent.

– Tais-toi ; il faut une femme qui connaisse la vie aussi bien que moi pour le comprendre. Il est si honnête ! Croirais-tu ? – et Vénus devint rouge (ou plutôt grise) de plaisir – qu'il marque sur un livre toutes les petites sommes que je lui donne ? Il m'a promis de me les rendre, avec intérêts composés, à dix du cent, sitôt qu'il n'en aura plus besoin pour lui-même. Cela me fera quelques économies pour quand je serai vieille.

– Tu as toujours été une vieille coureuse et une vieille folle !

– Petite catin, tu pourrais au moins respecter ta mère ! Rappelle-toi ce que te disait M. l'aumônier de l'« Homme-Rouge » :

Tes père et mère honoreras
Afin de vivre longuement.

Lina ne trouvait rien à répondre, et se jetait dans les bras de Vénus qui, tout attendrie, la récompensait de son respect filial en lui faisant boire un verre de tafia de la grappe blanche, liqueur parfumée, du vrai sucre d'or, vieux de vingt ans, et dont elle gardait jalousement quelques bouteilles.

La brusque arrivée de M. de Saint-Elme jeta le désarroi dans ce paisible intérieur. Aux attentions et au respect que lui témoigna tout d'abord Vénus, M. Tom éprouva un étonnement qui était peut-être déjà de la jalousie. Le créole s'était plaint, dès son arrivée, de violents maux de tête ; il frissonnait, son visage s'injectait de sang, ses yeux larmoyaient, et il réclamait continuellement à boire.

Toute la journée, dans sa chambre parée de coquillages, de bouquets de plumes et de vases en verre colorié, Lina le soignait. Il se plaignait de grandes douleurs dans l'estomac, et ne répondait plus qu'avec lenteur.

Vénus aidait sa fille, apportant sans cesse des citronnades et de la glace.

Ce jour-là, les repas de M. Tom ne furent pas servis à l'heure ; il fut négligé, et aux instants prévus de leurs ébats accoutumés, Vénus n'honora ses efforts que de caresses distraites.

Trois jours s'écoulèrent. M. Tom n'avait pas ouvert la bouche et n'avait fait aucune question.

Le quatrième jour, l'état du malade s'était aggravé ; ses vomissements étaient noirs et fréquents, son visage devenait jaune. Lina sortit et revint avec un médecin.

Le Dr Jérémy Balfrog, dit aussi Joli-Bois, s'appelait de son vrai nom Joseph Lebidois ; autrefois clerc de notaire à Lyon, il avait volé à son patron une somme de quinze cents francs qui lui avait été tout juste nécessaire pour passer en Amérique, où la misère lui avait fait amèrement regretter son indélicatesse. Après quelques années de dèche noire et de mendicité, il s'était heureusement ressaisi. Son talent calligraphique, estimé jadis de tous les saute-ruisseau de la Croix-Rousse, lui avait permis de se décerner à lui-même, sur parchemin, une série de diplômes médicaux, chirurgicaux et pharmaceutiques, qui tous portaient le timbre des plus fameuses universités de France – grâce à des bouchons de champagne soigneusement découpés.

Un vieil habit noir, une canne à pomme d'or et le Manuel de Raspail avaient décidé de son succès ; une tante qu'il possédait aux environs de Mâcon et qui lui expédiait chaque année quelques barriques d'un petit bourgogne assez agréable, mit le sceau à sa réputation.

Joseph Lebidois comprit bien vite l'avantage qu'il y avait à s'appeler Jérémy Balfrog pour les Yankees, et Joli-Bois pour les créoles français ; à ceux qui s'étonnaient, il expliquait qu'il était d'origine canadienne, né d'un père français et d'une mère anglaise, et tout le monde était content – même les malades qu'il guérissait plus souvent qu'un autre.

Pour cela, il avait trouvé un secret merveilleux. Quelle que fût la maladie, il administrait toujours de copieuses doses de laudanum, qui réduisaient au sommeil et au silence les plus récalcitrants ; il ne sortait jamais sans un flacon de ce précieux produit, qu'il regardait comme une panacée universelle. Il était aussi fort partisan du camphre – véritable bienfait de la Providence, disait-il, et que Dieu avait dû sans doute créer tout exprès pour calmer les sens surexcités des noirs et des mulâtres.

Au début de sa carrière, le docteur avait éprouvé quelques déconvenues dans le recouvrement de ses honoraires ; mais il avait bien vite pris son parti en homme pratique : il s'était habitué à se faire payer d'avance ; pourtant il était charitable, il ne refusait jamais le secours de sa science aux noirs les plus misérables, surtout quand ils pouvaient se recommander de M. Bonbon.

Ce personnage historique, un peu receleur à ses moments perdus, était l'ami intime des foules de *gamblers,* de rôdeurs de frontières, de dévaliseurs, et il avait souvent à proposer au docteur des affaires avantageuses que celui-ci, charmé de la législation libérale des États de l'Union, s'empressait d'accepter, non sans songer, avec un frisson de volupté narquoise, aux nombreuses condamnations qu'il eût encourues dans les pays arriérés de la vieille Europe.

En arrivant chez Vénus, le docteur se fit donner deux piastres, et après avoir jeté un regard sur le malade sans l'approcher, il partit très vite en recommandant simplement de lui faire prendre quinze gouttes de laudanum, et des boissons rafraîchissantes.

– Je reviendrai demain, déclara-t-il gravement, le salut du malade est entre les mains de la nature.

Le docteur était coiffé d'un chapeau noir à larges bords. Avec sa face entièrement rasée, ses cheveux flottants, un peu bouclés, et son nez enluminé par le bourgogne, il ne ressemblait pas mal à un chansonnier du Caveau. Ses succès lui avaient donné un certain air de sincérité qui lui allait bien, et il avait adopté l'habitude de le prendre de très haut avec toutes sortes de personnes.

Aussi éprouva-t-il une certaine surprise lorsqu'en redescendant il se trouva face à face avec M. Tom qui lui barrait le passage d'un air tranquille.

– Qu'est-ce qu'il a, le créole d'en haut ? demanda-t-il impérieusement.

Le docteur ne répondit pas. Alors M. Tom fit mine de le prendre à la gorge. Joli-Bois sortit doucement de sa poche un revolver de calibre, qui servait sans doute de contrepoids à la fiole de laudanum.

– Laissez-moi donc passer, imbécile ! dit-il avec un sourire bienveillant, d'où l'ironie n'était pas exempte. Mon honorable client, « le créole d'en haut », comme vous l'appelez, a la fièvre jaune : et selon toute vraisemblance, vous l'aurez vous-même d'ici peu de jours.

Et il ajouta, tandis que M. Tom le regardait en fronçant les sourcils, avec une attention suraiguë :

– Cette affection est en ce moment à l'état endémique dans toute la ville. Les premières chaleurs donnent une grande extension au fléau.

– Mais vous ?

– D'abord je suis médecin ; le devoir professionnel avant tout ! Puis j'ai déjà eu ladite fièvre jaune et comme vous l'avez peut-être entendu dire, je suis indemne !...

– Mais moi, je ne l'ai jamais eue !

– Alors, mon cher ami, vous l'aurez. On n'y échappe guère, dans une ville construite d'une façon aussi contraire aux lois de la véritable hygiène.

Tout en parlant, le docteur s'était glissé dehors, laissant M. Tom de très méchante humeur, interpeller Vénus et Lina, qui avaient laissé le malade un peu plus calme, et descendaient pour dîner.

- Vous savez... votre créole a la fièvre jaune ; il faut qu'il s'en aille, et tout de suite... ou bien c'est moi qui m'en irai ! dit-il avec une glaciale brutalité.

- Non ! je t'en supplie ! fit Vénus en sanglotant.

- Moi, j'ai déjà eu la maladie ! s'écria joyeusement Lina.

Les deux femmes poussaient des cris, et Vénus embrassait, en pleurant, les mains de M. Tom.

- Arrière ! fit-il, vieille sorcière ! tu es peut-être déjà infectée !... Ce créole a-t-il de l'argent ?

- Oui, dit étourdiment Vénus. J'ai trouvé sur lui trois billets de cent dollars, cinq ou six aigles d'or et une poignée de piastres.

- Tout cela devrait nous revenir, de droit, pour notre peine de l'avoir soigné. Mais laissons-lui cent dollars avec la menue monnaie ; cette somme sera employée à indemniser l'économat de l'hôpital, où il va être porté immédiatement ; - et il ajouta, sur un ton de commandement : prends deux piastres, Lina, et va chercher des infirmiers et un brancard !

- Dépêche-toi ! cria la mère... Moi je n'ai pas eu la fièvre jaune ; je n'ai pas envie de l'avoir.

- C'est bon ! répliqua Lina, j'y vais ; mais puisque tu as assez peu de cœur pour laisser mourir ton ancien maître à l'hôpital, j'irai l'y soigner. Nous verrons comment vous vivrez sans l'argent de mes messieurs !

- Petite rouleuse ! cria Vénus d'un ton aigre. Voilà bien l'ingratitude des enfants ! Eh bien ! tu peux t'en aller, espèce d'égoïste !

- C'est ce que je vais faire.

- Ça m'est égal. Il y a la petite Cocotte qui n'a ni robe ni domicile ; je l'adopterai à ta place. Elle est plus fraîche que toi, et n'a pas de cicatrices sur la figure. C'est une bonne petite fille ; je parie qu'avec mes conseils, elle gagnera de l'or.

- Très probable... grommela M. Tom, qui avait repris toute sa froideur.

Vénus, qui ne voulait pas pousser les choses à l'extrême, s'avança vers sa fille, les bras ouverts. Sous sa belle robe jaune, sa croupe frissonnait, volumineuse et vague, comme deux vessies de suif. Un sourire maternel faisait rayonner ses traits safranés, telle une illumination chez un marchand de pain d'épice.

- Allons ! embrasse ta pauvre mama, et va vite chercher des brancardiers à l'hôpital, mon trésor chéri !

Lina embrassa distraitement sa mère, et sortit en claquant la porte d'un air farouche, non sans avoir jeté un regard plein de haine à M. Tom. La vieille sourit de ce départ un peu rageur ; elle croyait avoir suffisamment effrayé sa fille, en la menaçant d'adopter à sa place la petite Cocotte. M. Tom s'était remis péniblement à sa lecture et traduisait, en suant sang et eau, un livre français signé Charles Cros, dans lequel il devait puiser plus tard ses meilleures inspirations.

Au bout d'une demi-heure, quatre noirs qui passaient, à moitié ivres, malgré l'heure matinale, se présentèrent bruyamment, porteurs d'une sorte de civière, et réclamèrent à grands cris M. de Saint-Elme. Ils montèrent en sifflant jusqu'à la chambre du moribond, qu'ils empoignèrent, roulèrent dans une couverture, et descendirent en bas, malgré ses faibles cris.

La peau jaune, déjà marbrée de taches, les yeux vitreux et vagues, la bouche douloureusement crispée, le malheureux faisait peine à voir. Il tremblotait et jetait autour de lui des regards éperdus et suppliants.

- Allons ! répétaient les noirs, à qui Vénus avait versé une rasade de tafia, en leur recommandant son ancien maître. N'aie pas peu... fiève jaune... fiève jaune... nous mener toi à l'hôpital, où toi que vas mouri bien tranquille... Vite, mousié ! n'aie pas peu !...

M. de Saint-Elme, en proie aux affres de la mort, écoutait et regardait avec horreur. Les sensations de la vie extérieure devenaient pour lui lointaines et sourdes, comme à travers un mauvais songe ; puis tout à coup il percevait certains détails, avec une acuité aiguë.

D'abord le pas cadencé des noirs qui l'emportaient en sifflotant le berça douloureusement, à travers les longues ruelles, bordées de palissades, de masures et de jardins.

- Fièvre jaune !... criaient, de minute en minute, les porteurs, qui rasaient les murs, suivant la mince ligne d'ombre qui leur donnait un peu d'abri contre la chaleur.

À ces cris terribles, les portes se fermaient, les mères faisaient rentrer leurs enfants ; les gens se sauvaient effarés, et les noirs souriaient silencieusement, un peu fiers d'inspirer tant de crainte, et sûrs de n'avoir rien eux-mêmes à redouter, puisque tous avaient été atteints et guéris du terrible mal. L'hôpital et les pompes funèbres n'employaient que des gens déjà vaccinés. C'est une profession que d'avoir déjà eu la fièvre jaune.

Avec la lucidité intermittente des malades, M. de Saint-Elme, couché sur le dos et en apparence inerte, voyait le ciel comme recouvert d'une taie blanchâtre ; plus loin, il lui apparaissait jaune et fumeux comme les vapeurs sulfureuses qui s'échappent des hauts fourneaux. La ville, le fleuve et les rives marécageuses semblaient fuir et se rissoler, comme sous la gueule ardente d'un brasier ; des vapeurs montaient du bord de l'eau, comme si le feu du centre de la terre eût fait bouillir les vases épaissies de la pourriture des animaux et des plantes.

Il fit un effort pour se tourner du côté droit, baissa les yeux et regarda la terre. Les pavés semblaient fumer ; les rues désertes ne montraient que des portes voilées de crêpe ou quelques cadavres, figés par la mort dans une pose grotesque, la face barbouillée de taches noirâtres. Plus loin, il vit des noirs, embarquer dans un fourgon le cadavre d'une mère et de ses trois enfants, tous vêtus d'une simple chemise. Le cocher du char funèbre, dont la figure était invisible sous un chapeau de paille à larges bords, s'arrêtait presque à toutes les portes, et des bouffées d'une affreuse pestilence accompagnaient le cortège, dont une cloche, sonnée à tour de bras par un gros mulâtre jovial, signalait à tous la présence.

À quelques pas de là, M. de Saint-Elme se trouva brusquement déposé sur la chaussée. Ses porteurs s'étaient rués vers un énorme Yankee qui gigotait sur le sol, en proie aux premières atteintes du mal, et l'avaient prestement dépouillé de sa montre et de son argent de poche.

M. de Saint-Elme reconnut son ami Growlson ; il eût bien voulu lui porter secours, mais il était si faible que sa voix s'arrêtait dans sa gorge et qu'il lui semblait impossible de remuer un membre sans une douleur aiguë. Il dut se résigner à voir le Yankee dévalisé et rudement secoué par les noirs.

Tout à coup, la scène changea d'aspect. La vieille Irlandaise que soutenait par-dessous les bras ses deux nièces Polly et Jemmy, apparut au détour d'une ruelle ; M. Bonbon les suivait de près en les traitant de voleuses : il n'avait pas eu la part convenue dans les dépouilles de Growlson et se montrait furieux ; les quatre noirs prirent fait et cause pour M. Bonbon, qu'ils connaissaient de longue date. Il s'ensuivit une scène atroce d'imprécations. M. de Saint-Elme se sentait mourir, abandonné sous les rayons d'un soleil dévorant ; la vieille Irlandaise, laissée par ses nièces, la dernière dans le ruisseau, dans la chaleur de la discussion hoquetait et grelottait de fièvre.

Tout finit par s'arranger. Jemmy et Polly restituèrent à M. Bonbon une partie des fonds de Growlson, qui fut déposé à l'ombre, tout près de la tante. Les noirs, alléchés par les promesses de M. Bonbon, promirent de revenir chercher les deux moribonds, sitôt que M. de Saint-Elme serait déposé en lieu sûr.

Le cortège reprit sa marche, augmenté de M. Bonbon, qui donnait les bras aux deux Irlandaises.

M. de Saint-Elme s'était assoupi. Quand il s'éveilla, il se trouva couché sur une paillasse de feuilles de maïs, dans un immense hangar où cinq à six cents moribonds râlaient, mouraient ou somnolaient.

Un grand noir, nommé William, promu au grade d'infirmier en chef, et fier de ses connaissances en médecine, assommait à coups de poing ou étouffait sous leurs oreillers les malades incurables ou mal vêtus. De cette manière, il renouvelait tous les jours d'une façon régulière, le total de ses pourboires, encore augmenté des dépouilles des morts.

– Il faut agir humainement, disait-il. Ceux que le docteur condamne, je les finis pour faire place à d'autres qui peuvent guérir. Ça me fait de la peine quelquefois ; mais il faut être un homme avant tout. C'est dans leur intérêt : pourquoi faire souffrir les gens inutilement ?

Les théories de William étaient empreintes de tant de logique et de sensibilité, que ses deux aides, un mulâtre et un Irlandais, en exagéraient à plaisir la réalisation rapide. Le personnel de la salle se trouvait quelquefois renouvelé deux fois par jour.

Quand M. de Saint-Elme ouvrit les yeux, William pesait de tout son poids sur l'oreiller dont il avait couvert la face d'une vieille dame irrémédiablement condamnée ; la victime s'agitait avec l'énergie du désespoir. La couverture de laine et les draps s'étaient envolés, laissant voir deux jambes maigres et velues, qui se débattaient avec une force incroyable.

Le spectacle épouvanta tellement M. de Saint-Elme qu'il trouva la force de se retourner de l'autre côté. Il sourit : au chevet de son lit se trouvait Lina, en grande conversation avec M. Joli-Bois. Le rusé docteur, officiellement engagé à l'hôpital depuis l'épidémie, connaissait M. de Saint-Elme de nom et de réputation. Il avait tout de suite flairé une bonne affaire.

Il posa une foule de questions à Lina, et à la suite de leur entretien, il fut décidé que la petite mulâtresse demeurerait à l'hôpital en qualité d'infirmière, qu'elle veillerait d'une façon toute spéciale son ancien maître, que le docteur conservait un vague espoir de sauver. William reçut l'ordre formel de n'approcher du malade sous aucun prétexte.

V

Dans la fièvre jaune, il ne meurt guère qu'un malade sur trois. Après plusieurs jours d'affreux vomissements, de sueurs, de hoquets et de prostration, M. de Saint-Elme entra dans la période de la convalescence. Le docteur avait répondu de lui.

Mais comme il était pâle, vieilli et décharné ! C'est à peine s'il se reconnaissait dans le miroir que Lina, qui ne l'avait pas quitté d'une minute, s'était procuré pour lui. La face blafarde, aux dents jaunes, au regard éteint, qu'il contemplait, lui paraissait celle d'un fantôme. Quand il put se lever, ses jambes fléchissaient sous lui ; il courbait le dos, et tremblait de faiblesse.

Appuyé sur le bras de Lina, il put enfin se rendre dans un jardin qui se trouvait derrière l'hôpital, et que le directeur laissait presque à l'état sauvage. Des lauriers étaient devenus des arbres de haute futaie, des orangers non greffés montraient de longues épines vertes ; les bananiers, aux larges feuilles luisantes, étaient devenus de vastes bosquets, dont les rejetons vivaces poussaient au milieu des allées ; des magnolias secouaient au vent leurs millions de fleurs parfumées. Grâce aux lianes, jetant leurs cordages d'arbre en arbre, enchevêtrant leur milles racines sur le sol, pour aller fleurir, après de singulières complications, les branches les plus hautes, le jardin tout entier n'était qu'un immense buisson frissonnant et parfumé.

Lina faisait asseoir le convalescent sur une pierre moussue à l'ombre d'un palmier, et ils restaient là de longues heures, se tenant par la main sans dire un mot.

M. de Saint-Elme jouissait délicieusement de son lent et graduel retour à l'existence. Il lui semblait qu'il se réveillait après un sommeil de plusieurs années ; ses souvenirs étaient perdus dans une brume lointaine.

La maladie avait dégagé de lui un autre homme. Content de tout, indulgent, rajeuni, et formant mille projets d'avenir, tout l'enchantait. Il écoutait avec une béatitude silencieuse et profonde le bourdonnement des insectes, le cri chevrotant des gros crapauds aux yeux d'or, au dos couvert de verrues, qui sautelaient sous les feuilles. Le jacassement des perruches le comblait de ravissement et il suivait pendant des heures les allées et venues des tourterelles à collier qui roucoulaient tendrement dans les branches.

Lina ne le quittait pas une minute ; elle restait accroupie à ses pieds, attendant qu'il manifestât sa volonté par quelque signe, prévenant ses moindres désirs.

Presque tous les jours, elle trouvait moyen de faire venir du dehors des livres, des fleurs ou des friandises.

M. de Saint-Elme était plus touché du dévouement silencieux et passif de son ancienne esclave qu'il ne l'eût été des conversations les plus spirituelles et des plus éloquentes protestations.

Il s'était habitué à sa présence ; s'il était une minute sans voir à ses côtés la petite mulâtresse, il devenait inquiet et s'agitait désespérément.

Quant au Dr Joli-Bois, il était devenu l'ami de son malade. Il avait même poussé la complaisance jusqu'à lui apporter quelques bouteilles de son « bourgogne ». Aussi M. de Saint-Elme s'était juré de récompenser royalement tant de science et d'abnégation.

Mis au courant de ses intentions par Lina, le docteur répétait tous les jours qu'il n'accepterait pas un dollar d'honoraires. M. de Saint-Elme souriait, médecin et malade étaient enchantés l'un de l'autre.

M. de Saint-Elme se trouvait maintenant assez fort pour faire tous les jours dans le jardin une courte promenade au bras de Lina. Il goûtait la beauté des ombrages, l'éclat et le parfum des fleurs, les formes changeantes des nues amoncelées par les vents ou dispersées sous leur souffle, comme un naufragé qui prend terre après de longs mois de privations et d'angoisses.

– Désormais, disait-il parfois, je ne veux plus quitter les grands bois et les ruisseaux de ma propriété de « l'Homme-Rouge ». Je déteste la ville.

Lina ne répondait rien, mais son cœur se serrait à la pensée que son maître, une fois guéri, elle devrait se retirer récompensée par quelques pièces d'or.

Grâce au Dr Joli-Bois, M. de Saint-Elme n'habitait plus la salle commune, sans cesse dépeuplée par l'expéditive philanthropie des infirmiers. Moyennant une indemnité de quelques dollars, on lui avait aménagé, dans les combles de l'habitation du directeur, une chambre propre et gaie, d'où la vue embrassait le panorama de la ville et des bois, et le cours majestueux du Mississippi dont les flots balançaient des milliers de navires.

D'ailleurs, M. de Saint-Elme avait reçu de son domaine d'excellentes nouvelles. En son absence, Vulcain avait diligemment administré la propriété. La récolte de cannes avait été superbe et celle du coton, quoique moins avantageuse que l'année précédente, très satisfaisante.

Deux ou trois fois, Vulcain vint voir son maître et lui apporter de l'argent, du linge, et quelques corbeilles de beaux fruits. Dès que M. de Saint-Elme put se lever, Vulcain eût voulu le ramener avec lui. On eut grand-peine à modérer son impatience.

Enfin, le Dr Joli-Bois déclara, un beau matin, que le malade était parfaitement guéri et lui donna la liberté de partir quand il le voudrait.

M. de Saint-Elme fixa son départ au surlendemain. Il était pâle encore, ses traits amaigris, sa barbe plus grise et sa démarche un peu chancelante, montraient qu'il avait vu de près les portes de la mort. Mais il était jovial et content comme un enfant. Il éprouvait cette sensation délicieuse des premières forces qui reviennent, de l'appétit qui renaît, que connaissent les convalescents. Il comprenait combien la vie est bonne en elle-même.

Ce jour-là, il dîna joyeusement, servi par Lina, d'une poitrine de dindon sauvage et d'une corbeille de pâtisseries que le Dr Joli-Bois lui avait envoyée en même temps que deux bouteilles de son vin. Après le repas, il alluma un cigare et s'accouda à la fenêtre en écoutant tout pensif les rumeurs de la ville au-dessus de laquelle se balançait un dôme de fumées chatoyantes.

Pendant ce temps, agile et pieds nus, Lina desservait sans bruit pour ne pas troubler la rêverie de son maître.

M. de Saint-Elme écrivit ensuite deux lettres, l'une à son banquier, l'autre à Vulcain, auxquels il donnait rendez-vous pour le surlendemain.

Il ferma et cacheta ces missives en sifflotant.

- Je sens, dit-il, que je vais bien dormir cette nuit. Tu ne peux te figurer, petite Lina, combien je suis heureux. Tu peux te retirer maintenant, mais prends ces lettres et mets-les toi-même à la poste sans perdre de temps.

Lina s'empressa d'obéir et souhaita gentiment le bonsoir à son maître.

M. de Saint-Elme la regarda longtemps avec une complaisance paternelle.

Les cheveux enveloppés d'un foulard de soie jaune et rouge, elle était simplement vêtue d'une robe de cotonnade bleue sous laquelle se dessinait son corps souple et cambré, avec des mouvements brusques et langoureux comme ceux des félins.

Dans ses grands yeux veloutés et limpides, il ne restait plus trace des fièvres malsaines de naguère. La débauche avait passé sur cette petite âme naïve sans la ternir. Ses traits s'étaient rassérénés ; la bouche avait repris un sourire innocent. Les cicatrices des rixes et des coups de couteau avaient disparu, ne laissant plus que d'imperceptibles marques grisâtres.

Elle était plus belle peut-être (de la beauté animale et brutale de celles de sa race), que lorsque après la mort de Mme de Saint-Elme elle avait quitté « l'Homme-Rouge ».

Prestement, elle se glissa hors de l'hôpital et se lança dans le dédale des rues. Sous les derniers rayons du soleil couchant, la ville paraissait profondément désolée et morne.

Bien que l'épidémie touchât à sa fin, il était mort tant de monde que des rues entières étaient vides de leurs habitants.

Partout, des fenêtres fermées, des carreaux brisés, des écriteaux se balançant au vent. Toute une atmosphère mélancolique qui semblait rayonner des édifices abandonnés comme l'auréole de phosphore morbide dont Edgar Poe a entouré la maison Usher. Des figures maigres et jaunes filaient le long des murs d'un air craintif. Une âcre poussière prenait à la gorge, avec un goût fade de pourriture.

Les riches étaient partis, les pauvres étaient morts.

Lina, sitôt ses lettres jetées à la boîte, eut l'idée de passer devant la maison de sa mère dont elle n'avait plus eu de nouvelles.

En longeant les quais, elle aperçut au milieu d'une équipe de portefaix M. Growlson, qui, la barbe inculte et les mains noires, aidait au déchargement d'un grand voilier.

Ses vêtements de toile étaient souillés de goudron et de boue. De ses mains, veuves de leurs bagues, il roulait des barils de ciment avec un entrain superbe. On eût dit qu'il n'avait fait que cela toute sa vie.

Lina, facilement apitoyée, s'approcha pour lui parler. Mais le Yankee n'eut à sa vue qu'un mot ordurier et qu'un juron. Il lui tourna le dos avec mépris.

M. Growlson, guéri par hasard, mais totalement dépouillé, était en train de recommencer sa fortune.

Lina continua sa route. Comme elle passait devant l'établissement de M. Bonbon, elle n'eut que le temps de se garer pour ne pas être écrasée par un landau lancé à toute vitesse. Sous un baldaquin de soie blanche, Jemmy et Polly, couvertes de bijoux, engoncées dans d'énormes crinolines et coiffées de minuscules toques à plumes, se prélassaient aux côtés d'un Espagnol à larges moustaches qui les couvrait d'un regard à la fois protecteur et méprisant.

Avec son long nez, son teint ocreux et ses longs favoris pendants, on eût dit d'un bouc convoyant deux goules. Deux goules, vraiment, presque deux squelettes.

Deux squelettes, vraiment ! Elles en avaient l'air, tant leurs pommettes fardées faisaient saillie sur leur visage maigre, tant leurs grands yeux bleus scintillaient de fièvre au milieu d'un halo de bistre qui semblait vouloir rejoindre leur bouche bleue et mince, malgré le vermillon.

Dans la rapidité de leur fuite, Lina eut le temps d'apercevoir Polly boire à même un flacon en renversant son torse décharné.

Elle haussa les épaules avec un mépris tranquille et reprit le chemin de la maison de Vénus.

La nuit était tombée brusquement et dans la pénombre bleue du soir, silencieux et frais, les passants se faisaient plus nombreux par les rues. Des lumières brillaient, des couples se glissaient le long des avenues. Toute une vie nocturne s'éveillait après la pesanteur accablante du jour. Des nègres nonchalants allumaient les réverbères.

Lina, comme toute la ville, aspira avec délice la fraîcheur. Elle sentit que le fléau s'était éloigné. Inconsciemment, elle ralentit le pas, dodelina des hanches et reprit son allure insouciante de jadis.

En arrivant vers le faubourg, sa gaieté disparut. Les pillages et les vols qui suivent les épidémies de fièvre jaune avaient dévasté le quartier. Les lanternes étaient brisées, les palissades rompues.

Lina se sentit froid au cœur en n'apercevant de loin aucune lumière aux fenêtres de la maison de sa mère.

Elle se rapprocha et faillit s'évanouir à la vue d'un désastre qu'elle ignorait. L'incendie avait laissé là l'estampe de sa main noire. La maisonnette n'était plus qu'un amas de ruines.

Déjà des plantes et des arbustes avaient poussé leurs racines. Sur le rebord de la fenêtre demeurée intacte, une chatte grise et jaune miaulait désespérément.

Lina s'enfuit, les yeux gonflés de larmes et regagna l'hôpital en toute hâte.

Tout dormait. Quelques gémissements partaient de la salle commune. Lina eut la vision du mulâtre William étouffant sous des oreillers un malade récalcitrant.

Elle remonta, tremblante de peur et remplie d'une tristesse qui touchait au désespoir. Elle ouvrit doucement la porte de la chambre où reposait M. de Saint-Elme.

Sous la moustiquaire de gaze, il dormait légèrement penché sur le côté droit, du sommeil lourd et, pour ainsi dire, substantiel du convalescent.

Lina s'approcha doucement et doucement écarta les rideaux du moustiquaire et embrassa le dormeur à pleine bouche.

M. de Saint-Elme poussa un soupir et tendit les mains en souriant, mais ne se réveilla point. Lina sourit aussi et toute consolée alla s'étendre sur la natte où elle couchait chaque soir dans une petite pièce contiguë et d'où elle pouvait surveiller le sommeil du malade.

Le lendemain, M. de Saint-Elme s'éveilla d'excellente humeur. Un coiffeur qu'il avait fait venir lui tailla la barbe et les cheveux et l'accommoda le plus galamment du monde. Et, quand il eut endossé une chemise de soie à petites fleurs et un complet de coutil tout neuf à boutons de nacre et coiffé un panama souple et léger qui lui avait coûté une centaine de dollars, il se sentit tout guilleret.

Il était rempli d'une bienveillance universelle. Il alla faire visite au directeur de l'hôpital, personnage insignifiant et indifférent, et le trouva plein d'esprit. Il ne le quitta pas sans insister chaleureusement pour qu'il passât une huitaine de jours, en villégiature à « l'Homme-Rouge ».

Le Dr Joli-Bois, qui était venu, selon son usage, siroter un verre de crème des Barbades avec son patient, fut honoré d'une semblable invitation.

M. de Saint-Elme lui assura qu'il pouvait user du domaine comme s'il eût été le sien propre et qu'à « l'Homme-Rouge » la meilleure chambre et la place d'honneur à la table de famille lui seraient toujours réservées tant qu'il vivrait.

- D'ailleurs, ajouta-t-il, il ne faut pas tarder à venir me voir ; comme je vous l'ai déjà dit, je vous réserve une surprise.

Le docteur cligna de l'œil et fit le gros dos en songeant qu'il allait enfin recevoir le loyer de ses peines.

- Surtout, mon cher malade, ne vous mettez pas en frais. Voulez-vous que je parle franchement ? Savez-vous ce qui me ferait le plus de plaisir ? Une douzaine de bouteilles de votre vieux rhum d'habitation. Je sais que vous en avez d'extraordinaire.

- Vous serez satisfait ; j'ai de la Grappe-Blanche qui a cinquante ans de fût, un véritable velours en bouteilles.

Le docteur eut un joyeux clappement de langue.

- Je ne voudrais point dégarnir votre cave, dit-il.

- N'ayez crainte. Vous aurez quand même la petite surprise.

M. Joli-Bois, dûment rafraîchi et réconforté, prit congé de son malade pour aller faire un tour dans les salles. M. de Saint-Elme demeura seul avec Lina.

La petite mulâtresse paraissait soucieuse, quoiqu'elle eût fait ce jour-là des frais de toilette inusités. Ses cheveux, si noirs qu'ils avaient dans la pénombre des reflets violets, étaient ornés d'une grappe de jasmin jaune et un beau ruban rouge tout neuf enserrait sa taille onduleuse et ployante comme les grands bambous du Meschacébé.

- Eh bien ! Lina, dit M. de Saint-Elme en caressant de la main les boucles crêpelées de cette chevelure, d'où s'exhalait un arome sauvage de poivre et de musc, pourquoi ne me dis-tu rien aujourd'hui ? Aurais-tu quelque chagrin ?

- Oui.

- Mais pourquoi ?

- Vous êtes guéri, maître ; vous allez quitter l'hôpital et la pauvre Lina qui vous aime tant ne vous verra plus.

- Que veux-tu donc faire ? demanda M. de Saint-Elme qui, tout à coup, se sentait ému.

- Hélas ! je ferai comme autrefois ; j'irai dans les cafés à musique sourire et boire avec les messieurs pour nourrir ma mère et son petit amoureux.

- Tu veux donc me quitter ? Tu m'as bien soigné pourtant.

- Je ne puis retourner à « l'Homme-Rouge » ; vous m'avez vendue. Et puis vous penseriez trop en me voyant à la pauvre Mme Léonore, et cela vous ferait saigner le cœur.

M. de Saint-Elme s'était levé. Il n'y avait sur son visage aucune trace de mécontentement ou de tristesse. Ce fut d'un ton calme, presque joyeux, qu'il dit :

- Je n'en veux pas à Mme Léonore. Je lui ai pardonné sa trahison ; j'espère que Dieu me pardonnera sa mort. Ce n'était pas elle que je voulais tuer...

Il sourit d'un air contraint et passa sa main sur son front.

- Tout cela, continua-t-il, c'est du passé. J'ai fait murer les portes de la chambre du meurtre. Maintenant je veux vivre sans souci et sans remords. Je veux aussi que la porte des mauvais souvenirs soit murée dans ma mémoire.

« Le bonheur est une chose si faible et si fragile ! »

Lina ne comprenait pas très bien. Ce qui lui apparaissait de plus clair dans toutes ces phrases, c'est qu'elle allait rentrer à « l'Homme-Rouge ». Elle sauta de joie et gambada par la chambre. Puis, caressante et les yeux humides, elle s'agenouilla sur la natte et baisa fervemment la main amaigrie de son maître.

- Alors, je pourrai ne pas vous quitter ?

- Je t'emmène, c'est entendu. Seulement, comme tu es libre, tu ne seras pas forcée de travailler. Tu feras ce que tu voudras. Je t'obligerai seulement à cueillir les bouquets dans le parc pour la salle à manger et le parloir et à me tenir compagnie au repas du matin.

- Oh ! que je suis heureuse !

- Seulement, il ne faudra pas prendre pour amants les noirs et les mulâtres de l'habitation.

- Et les blancs ?

- Les blancs non plus.

- Mais qui donc alors ? demanda Lina avec une inquiétude naïve.

M. de Saint-Elme sourit. Puis, reprenant son air sévère :

- Personne, tu m'entends ?

- Cela suffit, s'écria Lina un peu piquée. Vous savez bien que je ne suis pas une coureuse.

M. de Saint-Elme réprima à grand-peine une violente envie de rire.

- Non, tu es une bonne fille. Je te garderai avec moi à l'habitation, tant qu'il te plaira d'y rester.

Il fut convenu que M. de Saint-Elme se coucherait de bonne heure et se lèverait tôt pour faire quelques courses indispensables.

Lina, qui voulait, malgré tout, s'informer de sa mère avant son départ définitif pour « l'Homme-Rouge », devait se retrouver avant midi au restaurant Messonnier où M. de Saint-Elme avait donné rendez-vous au « commandeur » Vulcain.

Lina qui, silencieusement, avait pour la dernière fois, sans doute, rangé la chambre de son maître, avec qui elle allait descendre au jardin, fut prise tout à coup d'un singulier scrupule.

- Je ne veux pas, dit-elle, retourner à « l'Homme-Rouge », si je ne suis pas redevenue votre esclave.

- Eh bien ! c'est entendu. Tu seras mon esclave.

- Oh ! mais vous ne me comprenez pas ! Je suis libre, je me revends à vous.

- Soit. Je te rachète... et au prix que tu voudras. Tu as besoin d'argent, petite coquine.

Lina fut si irritée de cette supposition qu'elle lança contre le mur, avec fureur, le flacon de cristal encore à demi-plein d'eau des Barbades.

- Je ne suis pas une catin, s'écria-t-elle, les mains tremblantes, les narines gonflées de fureur. Je ne veux pas vous tirer de l'argent ; seulement, j'exige que vous me donniez une piastre et que vous fassiez dresser le contrat de vente. Comme cela, je serai sûre de vous appartenir.

Et elle ajouta, tout de suite souriante, en balançant coquettement ses hanches :

- Je vaux bien une piastre, tout de même.

- Et qu'en feras-tu de cette piastre ?

- Je la ferai percer par Midas, le forgeron de l'habitation, et je la suspendrai à mon beau collier de corail. Ce sera mon bijou le plus chéri.

- Tiens, fit M. de Saint-Elme, délicieusement remué, voici un aigle d'or et je t'achèterai, dès demain, une chaîne d'or bien solide, plus belle que ton collier de corail. Puisque tu veux être esclave, il faut porter des chaînes.

- Et l'acte de vente ?

- Ne t'inquiète pas ; je m'en occuperai. Voilà la première fois que j'achète une esclave aussi bon marché.

L'esclave cacha soigneusement l'aigle d'or dans un coin de son mouchoir et descendit avec son maître au jardin.

VI

Un luxueux déjeuner servi à la française attendait M. de Saint-Elme dans un retrait ombreux des jardins du célèbre restaurant Messonnier.

Un saumon accommodé aux groseilles, des tranches de venaison, un jambon d'ours, des fruits de toute beauté et d'excellents vins dans des seaux remplis de glace égayaient une nappe étincelante de blancheur et reluisante de cristaux et d'argenterie.

M. de Saint-Elme, que ses emplettes avaient occupé toute la matinée, n'avait pas oublié d'acheter pour Lina une belle chaîne d'or. Dans sa joie, il avait complété la parure de bracelets, de boucles d'oreilles et d'un grand peigne de perles, qu'il jugeait devoir être d'un effet merveilleux parmi les cheveux bleus de sa petite amie.

Midi sonna, Lina n'arrivait pas. M. de Saint-Elme, qui était venu content et sûr de lui, devint triste et nerveux. Il n'avait plus faim. Sous l'ardeur du grand soleil, la glace avait fondu autour des bouteilles intactes. Des essaims de moucherons tourbillonnaient autour des viandes.

- Cette petite vipère m'a déjà lâché, s'écria-t-il. Moi qui voulais la rendre si heureuse ! Bah ! J'achèterai une autre ou deux ou trois autres mulâtresses. Il ne faut prendre de ces animaux-là que le plaisir de leur peau et de leurs nerfs frétillants.

Qu'elle aille au diable ! Elle aura retrouvé quelque mulâtre aux pieds plats et à la poigne brutale !

Il ne pensait pas un mot de ces grossièretés. Comme un véritable enfant, il se jouait à lui-même la comédie de l'indifférence. Il commença à manger et à boire d'un air détaché.

Mais les morceaux s'arrêtaient dans sa gorge et les crus les plus fameux lui paraissaient éventés.

Il but beaucoup pour prendre patience et il était deux heures qu'il murmurait encore en mâchonnant son cigare.

- Quelle petite sotte !... Je vais l'attendre encore un peu... Elle ne se rend pas compte de l'heure... J'aurais dû lui acheter une montre...

À deux heures et demie il n'y put plus tenir. Sans se soucier de

Vulcain et du cocher noir qui attendaient en face du restaurant avec un superbe landau, protégé par une tente de soie et attelé de deux chevaux anglais.

Sans savoir où il allait, il se lança à travers les rues. Il erra le long du port, sur les levées, puis, tout à coup, il eut l'idée que Lina serait peut-être retournée à l'hôpital pour quelques raisons qu'il ne s'expliquait pas. Il se dirigeait donc de ce côté, lorsqu'il eut la chance de rencontrer le docteur Joli-Bois qui revenait de faire sa visite et regagnait majestueusement son domicile à l'ombre d'un grand parasol vert, le sourire sur les lèvres et, comme dit Sterne, le nez à l'Ouest.

Le docteur fut frappé de l'air consterné de son client.

- Eh bien ! Quoi donc ? lui dit-il amicalement. Faciès congestionné... mouvements fébriles. Mauvais symptômes. Voyons ! qu'y a-t-il ?

Vous alliez sans doute à l'hôpital pour me voir ? Puis quelle imprudence ! Sortir sans parasol, par un tel soleil ! Au moins mettez-vous à l'abri avec moi.

M. de Saint-Elme, tout aise de rencontrer un confident, s'appuya sur le bras du docteur.

- Savez-vous ce qu'est devenue la petite Lina ? demanda-t-il sans préambule.

- Je vois où le bât vous blesse. Vous êtes amoureux...

- Moi ! pas du tout, la simple reconnaissance...

- J'y suis. Vous n'avez pour la mulâtresse qu'un pur et platonique sentiment, mais qui pourra, peut-être, se changer en une ardeur plus vive. Eh bien ! rassurez-vous. Je me charge de la retrouver.

« Allez m'attendre tranquillement au restaurant Messonnier et d'ici une heure je vous la ramène. »

Le temps parut long à M. de Saint-Elme. Pourtant l'absence du docteur ne dura guère plus d'une demi-heure. Quand il revint, il paraissait embarrassé et mécontent.

- En voilà bien d'une autre, s'écria-t-il. Vous ne devinerez jamais ce qui s'est produit !

- Mon Dieu ! Je pressens bien quelque malheur.

- Rassurez-vous et soyez un peu plus patient. En vous quittant, j'ai pris une voiture et suis allé tout droit chez M. Bonbon le nègre, dont l'établissement est un vrai bureau de renseignements. Je ne sais comment il s'y prend, mais il est au courant de tout ce qui se passe. D'ailleurs, l'histoire de Lina a fait beaucoup de bruit en ville et les histoires du même genre sont fréquentes depuis la fin de l'épidémie.

- Au fait, docteur, au fait ! Vous voyez bien que je bous d'impatience.

- Lina était à peine sortie de l'hôpital ce matin, qu'elle a été appréhendée par un drôle, nommé Dixon, un dangereux coquin qui est au service de Sam Porter, marchand d'esclaves. La petite a poussé de hauts cris et a appelé la police à son aide. Sam Porter a alors exhibé un acte de vente parfaitement en règle, par lequel vous lui cédiez vous-même Lina et sa mère Vénus.

- Mais c'est une infamie monstrueuse. Lina et sa mère se sont rachetées avec leurs économies.

- Parfaitement, mais ce que vous ne savez pas, c'est qu'à la faveur de l'épidémie, plusieurs bandits, entre autres un métis nommé Pascalino, ont réussi à rentrer au service de l'administration et ont détruit ou brûlé quantité d'actes d'affranchissements. Beaucoup de pauvres noirs, croyant être devenus libres, ont été saisis par Sam Porter et son âme damnée, le Yankee Dixon. Ce drôle a même eu le cynisme de conduire chez le marchand d'esclaves la vieille Vénus dont il était l'amant. On ne parle que de cela en ville. Beaucoup de gens disent que l'on devrait poursuivre Sam Porter ; mais beaucoup d'autres ne voient là qu'une peccadille et trouvent le marchand d'ébène un fort habile homme. On dit que sa combinaison lui a rapporté plus de cent mille piastres.

- Quelle honte pour l'Amérique que de pareilles mœurs !

- Que comptez-vous faire ?

- Parbleu ! racheter Lina, et ensuite...

M. de Saint-Elme avait fait le geste de prendre son revolver.

- Diable ! Pas d'imprudence, s'écria vivement le docteur. N'allez pas tuer Sam Porter, cela vous causerait une foule de désagréments. Il est riche et influent ; il est même question de lui pour les prochaines élections.

- Je n'en veux pas à Sam Porter, c'est un vil coquin que je connais de longue date, mais je considère comme un vrai devoir pour moi d'abattre Pascalino, comme on abat un animal venimeux.

- Pour cela, je n'y vois pas grand inconvénient ; seulement, il doit être loin d'ici en ce moment, peut-être au Mexique ou en Floride.

- Ne venez-vous pas de me dire qu'il venait d'entrer dans l'administration ?

- Oui, mais ce que je ne vous ai pas dit, c'est qu'il a disparu depuis trois jours, en volant cinq cents dollars au marchand d'esclaves et en lui enlevant une de ses plus jolies quarteronnes, une fille de seize ans, qu'il avait payée cher.

- Comment Sam Porter ne l'a-t-il pas fait poursuivre ?

- Il s'en est bien gardé ; la disparition du principal coupable, dans l'affaire de faux en écritures, le met fort à l'aise. Il jure ses grands dieux que sa bonne foi a été surprise et comme il a eu soin de faire vendre dans le Nord les noirs qu'il s'était procurés sans bourse délier, personne ne réclame. Il est probable que l'affaire sera étouffée.

Pendant que le docteur donnait ces explications, M. de Saint-Elme et lui avaient pris place dans le landau, à côté de Vulcain, endimanché et solennel, et bientôt ils mirent pied à terre en face de la boutique de Sam Porter.

C'était une longue pièce puante et sale. En y entrant, M. de Saint-Elme eut un haut-le-cœur ; l'odeur fade des transpirations le prit à la gorge. Assis sur des bancs, ou étalés sur le plancher, une trentaine de noirs de tout âge et de tout sexe achevaient de vider gloutonnement les gamelles de maïs cuit à l'eau et de bananes dont les pelures couleur d'or jonchaient le seuil de terre battue.

Au milieu des esclaves, dont beaucoup chantonnaient silencieusement, Tom Dixon, glacial et correct, lisait un traité de chimie. À côté de lui, une canne de nerf de bœuf était appuyée contre le mur. Dans le coin le plus sombre, Lina pleurait à chaudes larmes. À côté d'elle, la vieille Vénus, plus hideuse que jamais, lui murmurait à voix basse, sans crainte du nerf de bœuf, toutes les injures imaginables.

- Oui, c'est de ta faute, si nous sommes là, coureuse, traînée, catin !

À l'arrivée de M. de Saint-Elme, Tom Dixon ferma son livre et s'avança.

- Je m'attendais à votre visite, dit-il froidement à M. de Saint-Elme. Il y a là une petite mulâtresse qui a assuré que vous la feriez racheter - et il ajouta poliment :

- J'allais vous prévenir et, du doigt, il désignait Lina qui regardait son maître avec des yeux suppliants.

- C'est bon, répliqua M. de Saint-Elme avec dégoût, dites votre prix et finissons.

- L'honorable Sam Porter est absent et je suis autorisé par lui à vous dire qu'il en veut dix mille piastres.

- Mais c'est un vol manifeste, interrompit le docteur ; cette mulâtresse ne vaut pas plus de mille piastres.

- C'est possible, répliqua froidement Dixon ; ce gentleman est tout à fait libre de ne pas conclure le marché.

M. de Saint-Elme haussa les épaules et sans prendre la peine de discuter :

- Signez-moi un reçu de dix mille piastres, dit-il, j'emmène Lina ; le docteur voudra bien s'occuper des autres formalités.

L'affaire fut conclue en quelques instants et Lina, sans plus se préoccuper de la vieille Vénus, furieuse et décontenancée, alla s'asseoir dans le landau, qui partit à fond de train dans la direction de la propriété de « l'Homme Rouge ».

Personne ne fut surpris d'apprendre, peu de temps après, que Lina était devenue la maîtresse de M. de Saint-Elme et qu'elle le rendait parfaitement heureux.

Le Dr Joli-Bois reçut les douze bouteilles de vieux rhum qu'il avait demandées, mais autour du goulot de chacune d'elles, une bank-note de mille dollars était entortillée.